光文社文庫

長編時代小説

町方燃ゆ

父子十手捕物日記

鈴木英治

光　文　社

目次

町方燃ゆ　父子十手捕物日記

第一章　お祭り葬儀

一

この道は一度、通っている。

憶《おぼ》えなどまったくないが、まずまちがいない。

あれはもう三十年以上も前のことになるのか、母と二人で歩いたのだ。

だいぶ遠まわりになるが、母のためにも、今日はどうしてもこの道を行きたかった。

道はせまく、木々が洞窟《どうくつ》を作りあげている。しばしば樹木の枝が肩や頭などに触れる。ときおりかたい枝が頬《ほお》に当たって、ひどく痛む。

うしろに続く者たちが同じ目に遭《あ》わないように、できるだけ仕草《しぐさ》で知らせるようにしているが、夜明け前のことで闇《やみ》は深く、果たしてちゃんと伝わっているのか、疑わしい。

三十年以上前も、木々はやはり鬱蒼《うっそう》としていた。ただ、あのときは枝が顔に当たるようなことは滅多になかった。

幼くて背が低かったこともあるが、今、自分が馬上にあるということが、なによりも大きい。

か細い虫の鳴き声が、這《は》いあがるようにきこえてくる。今にも死に絶えそうに物悲しい響きなのは、夜がもうじき果てることを知っているからだろうか。自分の出番が終ってしまうことを、嘆いているのかもしれない。

森は、木々が吐きだす香気に満ちている。鼻をつくような草のにおいもわずかにまじっていた。

草のにおいには、どこかなつかしいものがある。三十年以上前は、真夏のことで、草いきれがひどかったような気がするが、記憶ちがいだろうか。

ときおり、得体《えたい》の知れない鳥の声が大気を裂いて届く。百舌《もず》の鳴き声に近いものがあるが、あれはなんという鳥なのだろう。

もうすぐ目当ての村の入口に着く。戦《いくさ》でいえば、物見をすでに何度か行っているから、そのことはとうに知っている。

いくら朝がはやい村人たちといえども、まだ眠りの海をたゆたっているだろう。いななくことのないように、馬は口をかたく縛っている。

仮にいなないたところで、あの村にも馬はいる。いななきが耳に届いたとしても、村人たちが不審を覚えることはなかろう。

馬に乗るのは久しぶりだ。前に鞍《くら》にまたがったときは尻《しり》がこっぴどく破れ、血がにじんだほどだったが、今日はたいした距離を走るわけではないから、あんなことにはならないのではないか。

是非、そう願いたいものだ。

背後から、馬が鼻を鳴らす声がきこえてきた。うしろには、六騎が続いている。ひづめの土を踏む音が耳に届く。六頭の馬の口にも、縄で縛《いまし》めがされている。

振り返って見た。

六人の男がいるはずだが、縦になっているためにすぐうしろの者の影しか見えない。闇の分厚い壁にさえぎられている上、頭巾《ずきん》をしているために、表情は知れない。だが、さすがに緊張しきっているのが、馬上の体がかたくなっていることからはっきりとわかる。

ほかの五人も似たような心持ちにちがいなかった。

六人が馬に乗る姿を見るのは、これが初めてではない。三ヶ月ばかり前、向島《むこうじま》近くで野駆《のが》けをした。

侍だけのことはあり、そのときは六人ともなかなかの乗り手であることを感じさせたが、今日に限ってはぎこちなさが先に立ち、馬がいきなり駆けだしたり、竿立《さおだ》ちになったりしたら、地面に叩《たた》きつけられそうな危うさがある。

このままなにごともなく村の入口に着けば、きっと気持ちも落ち着いて、度胸も据《す》わるにちがいない。

今日のことを、いつもの席で知らせたときのことを思いだす。

楽しみにござる、と六人は口をそろえた。ついにその日がやってくるのかというわくわくした気持ちを抑えきれずにいるのが、朝日に照らされたように輝く表情から知れた。

しかし、瞳《ひとみ》だけは油を垂らしたようにぎらついていた。心に秘めた残虐さを如実にあらわすものだろう。

実際のところ、自分も待ち遠しくてならない。はやく村に着かないものか。一刻もはやく、そのときを手中にしたい。

馬腹を蹴《け》って、思い切り馬を走らせたくなる。

だが、ここは我慢だ。

馬は得手ではない。ようやくここまで来たのに、落馬して怪我《けが》をするようなことだけは避けなければならない。

深く息をすると、気分が冷静に戻り、体からも力が抜けた。姿勢が楽になり、全身が軽くなった。

それが伝わったか、馬も気分よげに足を運びはじめた。

よし、これでいい。これならきっとうまくゆく。

気分が昂《たか》ぶりつつあるが、頭は澄み渡っている。

決して熱くなってはいない。

よし、大丈夫だ。やれる。

自らにいいきかせるように心のうちでつぶやいた。

やがて、森の切れ目がうっすらと見えてきた。半町ばかり先だ。

今、通っている道は獣道《けものみち》のようなものだが、森を抜ければ半間ほどの幅となる。

道は村につながっている。

いよいよだ。胸が高鳴る。

森の切れ目に着いた。手綱《たづな》を引いて馬をとめ、背後に向けて合図した。後続の六頭も次々にとまった。

馬をおり、かたわらの茂みに近づく。背後から、下馬する物音と気配が静かに伝わってきた。落ち着いた物腰が感じられ、安堵《あんど》の息が漏《も》れ出た。

片膝《かたひざ》をつき、両手で茂みをかきわけるようにして村を眺める。

距離はおよそ一町。十三戸、三十人ほどが暮らしている村だ。山間の村の割に人は多いのではないか。

斜面にへばりつくように建つ家々の影が、白い靄《もや》が漂いはじめている大気のなかに浮いている。

潮が引くように夜があとずさり、朝が駆けるようにやってこようとしているのを肌が覚《さと》っている。

森の切れ目のそばに、村の鎮守があり、ちんまりとした林になっている。信心深い村人でも、朝の参拝に訪れる者はまだいない。

「あの村ですよ」

六人に告げた。声が糸のようにたなびいて、宙にゆっくりと吸いこまれていく。

「静かだ」

うしろからつぶやきがきこえた。まったくだな、と思った。すでに死に絶えてしまった村のような感じさえ受ける。

「いかがですか」

六人にきくともなくきいた。

「なにがかな」

同じ声が問い返す。

「やるというお覚悟に、変わりはございませんか」

「当然にござる」

力んだ声が耳に飛びこむ。

「ここで引きあげたら、なんのためにやってきたのか、わからぬ」

「では、よろしいのですね」

必要がないのはわかっていたが、あえて念押しした。

「むろん」

六人がいっせいにうなずく。それぞれの頭巾がかすかな風を立てた。

「ではやりましょう」

腰に差した刀を鞘《さや》ごと抜き、目釘《めくぎ》をあらためはじめた。

ちらりと背後に目をやると、六人も得物《えもの》を手にしていた。

二人は、自分と同じように刀の具合を見ている。三人は手槍《てやり》を軽くしごき、おかしなところがないか調べている。最後の一人は、弓の弦《つる》の張り具合を確かめ、さらに箙《えびら》から矢を取りだし、見つめていた。

鏃《やじり》は、柳の葉のような形をしている。戦《いくさ》が頻繁に行われていた時代は、箙に入れやすい平べったい形をしていることから、一番繁く使われたという。

それぞれの得物を手に持った男たちの全身に充《み》ち満ちた殺気が、森のかぐわしい香気に取って代わろうとしていた。

圧《お》されたようにごくりと息をのむ。

こんなことでどうする。

自らを叱《しか》りつけ、首を振ってしゃんとする。刀を鞘におさめた。ずしりとした重みが伝わったが、すぐに体になじんだ。

最後に襷《たすき》がけをし、袴《はかま》の裾《すそ》をたくしあげて紐《ひも》でがっちりと結んだ。

六人も同じことをしている。

「よろしいかな」

いとおしむように刀の柄《つか》にそっと触れて、六人に告げた。

再び六人がうなずく。

「では、まいりましょう」

馬の口から縛めを取ると、馬がようやく自由になったことを確認するように、しきりに首を振った。

またがり、馬腹を蹴る。馬がやや早足で走りはじめた。

東の空を見やる。白んできていた。

ふわふわとした朝靄を突っ切るように馬を進ませた。

風にあおられ、宏壮《こうそう》な屋敷がごうごうと音を立てて燃えている。

かたわらには矢で射殺《いころ》された死骸《しがい》がいくつも転がっていた。

矢は死骸からすでに抜かれていた。どこででも手に入るものを選んだから、刺さったままにしておいても証拠となるとは思えないが、調べる者たちに手がかりとなるようなものを与えないほうがいいのは確かだろう。

ただし、すべてを集め戻せたかはわからない。少なくとも、数本は田畑や森のほうに飛んでいってしまっただろう。

おびただしい死者は、むろん矢だけに殺されたわけではない。手槍《てやり》で突かれたり、刀で斬《き》られたりした死骸も少なくない。むしろ、そちらのほうが多い。

いきなり襲われて、逃げることなどできなかった村人がほとんどだ。

村の鎮守で夜明けを待ち、朝のはやい村人たちが鍬《くわ》などを担いで野良仕事に出るのを見計らって襲いかかった。

段々になっている田や、せまい畑に出ていた村人を馬上から突いて斬って射て殺し尽くしたのち、馬をおり、百姓《ひやくしよう》家《や》に押し入り、さらに殺戮《さつりく》を続けた。女も子供も容赦なかった。年寄りも同じことだった。

自分も五人、手にかけた。

人を殺すのは初めてだったが、豆腐を庖丁《ほうちよう》で賽《さい》の目に切るのとさして変わらなかった。体にからくりがひそんでいて、それが意志とは関係なく刀を振るったような感じだ。

今、眼前で巨大な炎をあげているのは、村長《むらおさ》の屋敷だ。

ここでは、十名近い村人が死んだ。屋敷と一緒に燃えている者も多い。村長はその一人だ。

母屋《おもや》をなめ尽くしている炎が、太陽が姿を見せるとともに強くなりはじめた風にあおられ、物《もの》の怪《け》の化身のように激しく舞い踊っている。白と黒がまじった煙もすさまじい勢いで、赤々と照らされている背後の山のほうへと流れてゆく。

村長の屋敷が焼けるのを見守った。充足した思いがある。

熱気が、頭巾を通しても頬に突き刺さるように迫ってくる上、屋根から飛んだ火の粉が次々と近くに舞い降り、着物やきつく履いた草鞋《わらじ》を焼こうとするが、ほとんど気にならない。

横を向いた。六人の男が立ち並んでいる。

背後にいる馬たちは火を恐れ、落ち着きがない。しきりにいななき、炎から遠ざかろうと首を振っている。ひづめはひっきりなしに土をかいていた。

頭巾のなかにある男たちの目には、ほとんど感情らしいものは浮いていない。だが炎が揺れるたびに、瞳の奥にあるぎらつきが、あぶりだされるように映しだされる。

燃え盛る炎を目の当たりにし、強烈な熱を受けて、興奮の度合がさらに増しているのが、手に取るようにわかる。

血のたぎりを、平静な面持《おもも》ちを無理につくることで抑えているのだ。もしまだ生きている者がいれば、六人はよってたかってなぶり殺しにするにちがいない。

いや、六人ではない。七人だ。

六人の男が手にしている手槍や刀は、ぬらぬらとしている。一人が手にしている穂先からは、いまだに血がしたたり落ちていた。いったい何人の村人の血を吸ったのだろうか。

最初、六人の男たちは少し遠慮気味だった。だが、自分が手本を示すように一人を斬り殺すと、心に火がついたようで、あっという間に殺戮がはじまった。

三十人の村人すべてを殺し尽くしたかはわからないが、生き残りなどほとんどいないのではないか。

屋敷は燃え続けている。

やがて、木がひしゃげたような音がし、さらにきしむ音が続いた。それが重なり合って建物がぎしぎし揺れたかと思うと、重みに耐え切れなくなったように、屋敷は一気に崩れ落ちた。

雷が百も集まったかのような轟音《ごうおん》が鳴り響き、おびただしい火の粉が舞い上がり、花火のように散った。黒い煙と煤《すす》が、明けはじめた空に向かって、もうもうと立ちのぼってゆく。

そのすさまじい光景に見とれた。このままずっと眺《なが》めていたかった。

だがいつまでも、とどまっているわけにはいかない。野太い煙は、近隣の村々から見えているだろう。大勢が駆けつけてくるのに、さほどのときはかかるまい。

「さあ、引きあげましょうぞ」

六人に声をかける。

六人が我に返ったように顎《あご》を引く。得物をそれぞれしまいこんだ。

むずかる赤子のように嫌々をする馬をなだめて引き寄せ、またがった。

六人も馬上の人になった。

一人が熱さに耐えかねたようで、頭巾を取った。

誰が見ているか、わからない。すぐに頭巾をつけるようにいった。

すまぬ、と答えて頭巾を男がつけた。

そのときだった。男の横合いから、低い姿勢で駆け寄ってきた者がいた。

生き残りの村人であるのに気づき、声をあげたが、遅かった。

「危ないっ」

村人は鉈《なた》を手にしている。鋭く跳躍し、すでに思い切り振りおろしていた。

頭を割られた、と思ったが、その前に男は村人の気配を感じていたようだ。かろうじてよけた。

鉈の一撃は頭には当たらず、背中をかすめていったように見えた。

しかし男は体勢を崩した。鉈はすぐさま手元に引き戻され、顔を狙《ねら》って再び振られた。

腕をあげることで男はなんとか顔をかばった。

がつ、と鈍い音がし、腕の骨が折れたのが知れた。

ぶっ殺してやる。呪《のろ》いの言葉を吐いて村人が男の肩に手をかけ、馬上から一気に引きずりおろした。

地面に叩きつけられた男に、村人が馬乗りになろうとする。

「きさまぁ」

鉈を振るおうとした村人の背中に、一人が手槍を突き刺そうとする。

その気配をいちはやく感じて、村人が横っ飛びに避けた。

別の手槍が突きだされる。村人はそれもかわした。

村人は若かった。よく光る目で、こちらをにらみつけていた。復讐の炎が燃え盛っている。だが、冷静さも感じさせるものが瞳にはあった。

蹴るようにして馬から飛びおりた他の四人の男が手槍を横から払い、刀を袈裟《けさぎ》斬りに襲いかかる。

村人は体をひるがえし、走りだした。

「待てっ」

五人の男がすかさず追った。だが、村人の足ははやい。あっという間に森に逃げこんでいった。

あそこに逃げこまれては、とらえるすべはもはやなかった。

今できることは、一刻もはやくこの場を去ることだけだった。

五人の男に深追いしないように強く呼びかけ、戻るようにいった。

森に入りかけたところで思いとどまり、五人の男がきびすを返したのを視野の端に入れておいてから、もがき苦しんでいる男のもとに近づいた。

急場しのぎといえども、手当をしてやらねばならない。

二

「いってえぜんてえ」

御牧文之介《みまきふみのすけ》は、たまらずつぶやきを漏らした。

「どういうことなんだい」

男が殺されたという場所に案内しながら説明してくれた町役人の言葉は頭に入ったものの、どうしても解することができない。

横で中間《ちゅうげん》の勇七《ゆうしち》も、同じような表情をしている。

「頭のめぐりが悪い男だと思うかもしれねえが、すまねえ、もう一度、説明してくれるかい」

文之介は、急ぎ足で前を行く町役人の背中にいった。

町役人が振り向く。

「頭のめぐりが悪いだなんて、御牧さまのことはよく存じています。そんなことは決してございませんよ」

「そうかな」

「そうでございますとも」

いかにも律儀そうな町役人が、足を運びつつ深いうなずきを見せる。

「手前は、御牧さまのお父上も存じあげています。丈右衛門《たけえもん》さまのご子息が、頭のめぐりが悪いはずがございません」

文之介はむっとした。結局、出来のよい父がほめられているも同然ではないか。

「どうかされましたか」

歩きながら、町役人がいぶかしげに文之介の顔を見る。

「ご気分でも悪くされましたか」

当たり前だ、と答えそうになった。だが、うしろに控えていたはずの勇七が、下手なこといっちゃあいけませんよ、といいたげな顔を突きだしてきたから、文之介はしっかりと首を横に振った。

「とんでもねえ。そんなことがあるはずがねえじゃねえか」

「さようにございますか。手前、安心いたしました」

「それよりも——」

文之介は歩調をあげ、町役人の耳に顔をぐっと近づけた。

「もう一度、説明してくれねえか」

「ああ、さようにございましたね」

思いのほか文之介が近くにいたことにびっくりした様子の町役人が一礼する。

「先ほども申しあげました通り、葬儀をだしていたご隠居が殺されたのでございます」

「それは、誰かの葬儀をだしていた隠居が殺されたということか」

「いえ、そういうことではございません」

町役人がきっぱりと否定する。

「ご自分の葬儀をだしていたご隠居が殺されたのでございます」

文之介は首をひねった。やはり、こんがらがらざるを得ない。勇七も同じだろう。

「やはり手前がどうこう申すよりも、先に、仏さまをご覧になっていただいたほうがよろしいでしょう。もうすぐそこですから」

文之介たちは、町役人の先導で表通りから左に曲がった。十間ほど進むと、路地の入口らしい場所に数名の男が出ているのが、目に飛びこんできた。

屈強そうな四人の若者である。一人は用心のためか、六尺棒を手にしている。いずれも深川北森下町《ふかがわきたもりしたちょう》の自身番《じしんばん》の小者だろう。野次馬《やじうま》を近づかせないようにしているのだ。

路地の向かいは商家が建っているが、まだ店はひらいていなかった。

「ご苦労だね」

町役人が鷹揚《おうよう》に小者たちに声をかける。

「お疲れさまにございます」

小者たちが返し、文之介たちにもしっかりとした口調で挨拶《あいさつ》してくる。文之介は、おう、と右手をあげた。勇七は親しみをこめて会釈《えしゃく》した。

小者たちがあけた道を通り、文之介たちは路地に足を踏み入れた。

路地は立派な町屋の塀《へい》にはさまれており、朝の陽射《ひざ》しが入りこみにくく、少し薄暗かった。これまで青く広がっていた空が、ずっと小さくなった。

「こちらでございます」

町役人にいわれるまでもなかった。入口から一間ほど離れたところに筵《むしろ》の盛りあがりがあり、そこに人が横たわっているのが知れた。

他の町役人たちや小者たちがすでに集まっており、文之介たちに頭を下げてきた。

「さっそく仏さんを見せてもらおうか」

文之介がいうと、町役人たちがいっせいに動いた。

文之介はしゃがみこみ、筵に触れようとした。

「めくりますよ」

勇七がいちはやくいって、筵を静かに払った。

いきなり、金気《かなけ》くさい血のにおいが立ちのぼってきた。仰向けに倒れている男のかたわらに、血の池ができていた。血はすでにかたまりつつあり、赤黒い色に変わっていた。

左の袂《たもと》が血をたっぷりと吸っていた。

着物の左胸のところが少しはだけている。そこから、あけびの果肉のように裂けた傷が見えた。勢いよく噴きだした証《あかし》なのか、血は名残のようなものがわずかに着物に付着しているだけだった。

どうやら、と文之介は思った。匕首《あいくち》や脇差《わきざし》のような鋭利な刃物に殺《や》られたようだぜ。それに心の臓を一撃だ。よほどの手練《てだれ》の仕業《しわざ》ではないか。

とにかく手慣れている、という感触を文之介は抱いた。

死者の歳《とし》は、五十すぎくらいに思える。ひどく青白い顔をし、心残りがいくらでもありそうに大きく目をあけていた。眉根《まゆね》にしわが寄っているが、これはもともとのものではないだろう。やはり無念さのあらわれにちがいない。

「この男の名は、祭蔵《さいぞう》というんだな」

文之介は町役人に確かめた。

「はい、さようにございます。近所の商家のご隠居です」

まいか。

「歳は」

「五十七ときいております」

意外にいっているんだな、と文之介は思った。生前は、もっと若く見えたのではある

「隠居とのことだが、店はなにを商っている」

「漆器の類《たぐい》にございます。店は、野秋屋《のあきや》さんと」

その名を頭に叩きこんで、そうか、と文之介はいった。

「それでさっきの話なんだが」

町役人に水を向けた。

「はい、葬儀のお話でしたね」

そういって町役人が唇《くちびる》を湿した。舌が生き物のように動き、文之介は一瞬、目を奪われかけた。

「祭蔵さんという名は、お祭り好きの父親がつけた名ということにございましたが、本当にその通りの賑《にぎ》やかなお方にございました」

「うむ」

「おとといのこと、手前は祭蔵さんが亡くなったとききまして、仰天いたしました。それまでとても元気でしたのに」

「ちょっと待った」

話の腰を折るのを承知で、文之介は言葉をはさんだ。

「おまえさん、誰から祭蔵が死んだことをきいたんだ」

「せがれの泰蔵《たいぞう》さんにございます」

町役人がどういう字を当てるのか、教えてくれた。

「泰蔵というせがれは、野秋屋を継いでいるんだな」

「はい、さようにございます」

「わかった。続けてくれ」

承知いたしました、と町役人が軽く腰を折った。

「どうして亡くなったのか、手前は泰蔵さんにただしました。卒中《そっちゅう》でございます、と泰蔵さんはおっしゃいました」

そのときのことを脳裏に手繰《たぐ》り寄せているのか、町役人がわずかに間を置く。

「葬儀は本日、行うとのことも、そのときうかがいました」

「なるほど」

文之介は相づちを打った。背後で、勇七が神妙な様子で話をきいているのが、雰囲気でわかる。

「手前は、泰蔵さんと一緒に野秋屋さんに駆けつけました。祭蔵さんはお店《たな》ではなく、別のところに住んでいらっしゃるのですが、倒れられたのはお店とのことでした」

「ほう、そうなのか。ふだんはどこに住んでいたんだ」

「大島村《おおじまむら》のほうにございます。別邸がありまして」

「別邸というと、せまくはねえんだろうな。一人で暮らしていたのか」

「いえ、お妾《めかけ》さんと一緒にございます」

文之介は、なんとなくお春《はる》のことを思いだした。元気にしているだろうか。

極悪人の嘉三郎《かさぶろう》のために父親の藤蔵《ふじぞう》が営む三増屋《みますや》が陥《おとしい》れられ、店が潰《つぶ》れる寸前まで追いつめられた。三増屋の客十名が、毒入りの味噌《みそ》を口にし、死んだのだ。

死には至らなかったものの、毒にやられて床に臥《ふ》せた者は五十名以上に及んだ。

文之介もその一人だった。八丁堀《はっちょうぼり》の屋敷でお春がつくってくれた味噌汁を飲み、昏《こん》倒《とう》したのだ。数日のあいだ生死の境をさまよい、かろうじて快復したのだった。

文之介がもし二十四という若さでなかったら、とうにあの世行きだったかもしれない。

今、お春はどうしているだろう。三増屋にいるのはわかっている。

一目、顔を見たいなあ、と文之介は思った。

「旦那《だんな》、いったいなにをぼうっとしているんですかい」

うしろから勇七にいわれ、文之介は我に返った。

「すまねえ」

謝っておいてから、町役人にしっかりと顔を向けた。

「続けてくれ」

はい、と町役人がいった。

「野秋屋さんに駆けつけますと、すでに棺桶《かんおけ》が用意されていました。ずいぶんと手際がいいな、と手前は思いました」

「そのときには、もう祭蔵は棺桶に入っていたのか」

「いえ、白い布をかぶり、床に臥せていました」

「うむ」

「手前は、ああ、祭蔵さん、本当に亡くなってしまったんだなあ、と思いました」

「それで今日、祭蔵の葬儀が営まれたということだな」

「はい。それなのに、どういうわけか、その祭蔵さんが今日、この路地で殺されていたというわけでして」

これで文之介もどういうことなのか、ようやく解することができた。うしろで勇七も納得の表情を浮かべているようだ。

しかし、なにが起これば、魂があの世に送られようとしていた人が、葬儀の最中に別の場所で刺殺されるというのか。

本人に事情をきければ一番いいのだろうが、殺されてしまった以上、どうすることもできない。

となれば、あとは身内の者しかいないだろう。

「祭蔵がこの路地で殺されたという知らせは、いつもたらされたんだ」

文之介は確認のために町役人にきいた。

「ええ、葬儀の真っ最中でございました。野辺送りのために出棺しようとしていたところに、この町の住人が飛びこんできました」

「大騒ぎになったか」

「向かいの路地で人が死んでいるというのには驚きましたが、それが祭蔵さんだというので、最初はなにをいっているんだ、という感じでした。人が死んでいるというのを放っておけず、手前どもは見に行きました。そうしたら本当に祭蔵さん本人で、仰天した次第でして」

葬儀をされていた本人が、本当にあの世に送られてしまったのか。

検死医師の紹徳《しょうとく》が小者を連れてやってきた。すぐさま死骸をあらためはじめる。

血のかたまり具合からして、死んで一刻ばかりたっているとのことだ。祭蔵の命を奪ったのは、文之介の見立て通り、匕首か脇差のような刃物。

「ものの見事に、といういい方は故人に失礼ですが、よほど手慣れた者の仕業ではないでしょうか」

報告書はすぐにだします、といって紹徳は小者とともに帰っていった。

そのあと、文之介と勇七は祭蔵の店である野秋屋に向かった。

路地の向かいの建物だけに、すぐだ。

この路地に祭蔵がいたということは、と文之介は思った。自分の葬儀を眺めていたというのを意味するのだろう。

これはいったいなんなのか。

文之介は、自分がそうした場合を考えてみた。

自分で自分の葬儀を眺める。

いったいどういう心持ちなのか。

自分の葬儀にどういう人がどれだけ集まってくれるのか、確かめたかったのか。

もしそうであるのなら、文之介自身、わからないでもないような気がする。

祭蔵は祭り好きだったという。そういう性格なら、自分の葬儀を見てみたいという気持ちが強かったのかもしれない。

とにかく家族に話をきくのが、先だな。

文之介は勇七をしたがえて野秋屋の前に立った。

勇七が、かたく閉じられた板戸を軽く叩いて、訪《おとな》いを入れる。

小窓があき、二つの目が文之介たちを見た。その目には、申しわけなげな色があるように感じられた。

「入れてもらえますかい」

勇七が小窓に向かっていう。

「もちろんにございます」

いかにも商人らしいやわらかな口調で、なかの男が答えた。だが、はきはきとした元気さがない。

「今すぐにあけますので、お待ちいただけますか」

小窓が閉まった次の瞬間、くぐり戸が音もなくあいた。

「どうぞ、お入りになってください」

文之介と勇七は敷居《しきい》を越えた。

十畳くらいの広さがある土間になっていた。線香のにおいが鼻をつく。くぐり戸が閉じられると、夜のとばりがおりてきたような感じになったが、真っ暗ではなかった。

すぐそばの柱に燭台《しょくだい》が設けられ、一本のろうそくが燃えていた。三日月を思わせるほどのほのかな明かりでしかないが、目の前の男の顔を見るのには十分だった。

「おまえさんが泰蔵か」

「はい、さようにございます」

野秋屋のあるじが深く頭を下げる。

「このたびは親父《おやじ》が、とんだ真似《まね》をしでかしまして、まことに申しわけないことでございます」

ふと気づいたように文之介たちを奥にいざなう。

「どうぞ、こちらへ」

うむ、とうなずいて文之介と勇七は奥につながる廊下を歩いた。線香のにおいが徐々に濃くなってゆく。

「こちらに」

泰蔵が足をとめ、腰高障子《こしだかしょうじ》をあける。

こちらは陽射しが一杯に入りこんで、明るい座敷だった。八畳間だ。

「どうぞ、お座りください」

泰蔵にいわれ、文之介と勇七は腰をおろした。

「このたびは、まことに申しわけないことをいたしました」

疲れ果てたように肩を落とした泰蔵が、あらためて頭を深く下げる。

「さっきもいったが、そんなことはどうでもいい」

文之介は強くいって、泰蔵の顔をあげさせた。

「葬儀に参列していた者たちは、みんな帰ったか」

「はい」

泰蔵が力なく答える。

「それで、おまえさんにききてえんだが、祭蔵は死んでもいないのに、どうして葬儀を行いやがったんだ」

「それが、三日前にいきなりいいだしたのです。自分の葬式をやると」

「わけは」

泰蔵が恥ずかしげにうつむいた。

「父は、もともといたずら好きでございました。自分の葬儀を眺めて、どんな人が来てくれるのか、確かめたいと申していました」

やはりそうだったか、と文之介は思った。推察が当たったからといって、喜びなどなかった。

父は、と泰蔵が語った。

「以前、大島村のほうの破《や》れ寺で幽霊の真似をして人を驚かしたことがございます。ほかにも、店を借りて一日だけ一膳飯屋《いちぜんめしや》をやり、翌日やってきたお客さんの驚く顔を見て喜ぶということもございました」

一日だけの一膳飯屋か。金持ちにしかできねえ芸当だな。

「おまえさん、今回の葬儀の一件をとめなかったのか」

泰蔵が手綱を引かれた馬のように、勢いよく顎をあげた。

「むろん、とめました」

声には抑えがきいていたが、相手が町方同心《まちかたどうしん》でなかったら、泰蔵は叫んでいたかもしれなかった。

「だが、祭蔵はやめなかったんだな」

「はい」

泰蔵が再び下を向いた。畳に人さし指を置き、埃《ほこり》を指先で払うような仕草をした。

「手前どもは、家族全員でたちが悪いことだからやめるように強くいさめましたが、本人はどうしてもやりたいといい張ったのでございます。一度口にすると、ひどく強情で、こちらとしても折れざるを得なかったのでございます」

そういうことか、と文之介は思った。

「しかし、三日前か。ずいぶんと唐突じゃねえか」

「はい、手前も同じように考え、どうして急にそんなことを思いついたのか、父にただしました」

「答えは」

「前から考えていたことで、決して急に思いついたわけではない、と」

「そうかい」

文之介は鼻の頭をかいた。

「それで、おまえさんにききてえんだが」

「はい」

泰蔵が表情を緊張させる。

「祭蔵がどうして殺されたか、そのわけだ。うらみを買ってはいなかったか」

泰蔵はほとんど考えなかった。

「いたずら好きでしたが、明るくて面倒見もよく、うらみを買うようには思えないのですが」

「もうちっとよく考えてくれねえか」

「は、はい。失礼いたしました」

泰蔵がうなだれるように首を落とし、考えはじめた。

「やはり手前には思いつきません。父は変わり者でしたが、諍《いさか》いがあったり、もめごとがあったりというようなことは、なかったように思います」

「家族はどうだ」

「はい、父が殺されたときいて、手前は女房や奉公人たちに心当たりがないか、ききましたが、手前と同じでございました」

「祭蔵は女房はいるのか。つまり、おまえさんのかあちゃんだが」

「母は、五年前に他界しております」

「そうかい。そいつはすまねえことをきいちまった」

「いえ、かまいませんよ。母は卒中でした。冬の朝、台所で倒れ、そのまま……」

「そうだったのか。そいつは気の毒にな」

文之介は顎に手を当てた。ほかにきくべきことはないか。

やはり三日前というのが、少しだけ気になる。

「祭蔵が葬儀をやりたいといいだしたときのことだが、祭蔵の身辺になにか変わったことはなかったか」

泰蔵が静かにかぶりを振った。人柄の穏やかさを感じさせる仕草だ。いたずら好きの父親とは、あまり似ていないのではないか。文之介はそんな気がした。

「申しわけないことにございますが、手前にはわかりかねます」

「妾がいるときいたが、じゃあその頃、祭蔵は妾宅《しょうたく》にいたんだな」

「はい、さようにございます」

文之介は、大島村にあるという妾宅の場所を詳しくきいた。

それからしばらく泰蔵と話をした。

祭蔵には妾が二人いるとのことだ。

これで必要なことはすべてききだしたという確信を抱いた文之介は、なにかあったら必ずつなぎをくれるように泰蔵にいった。

泰蔵の見送りを受けて、文之介と勇七は野秋屋をあとにした。

「野秋屋さんは――」

勇七が今出てきたばかりの店を振り返りつつ、しみじみいった。泰蔵は店の前に出て、背を丸め気味にこちらを見ている。

「本物の葬儀をこれからだすことになるんですねえ」

三

大島村に行く前に、祭蔵と親しかった友垣《ともがき》に会うことにした。

祭蔵の趣味は将棋と盆栽ということが、泰蔵の話からわかっている。趣味をともにしている友垣なら、祭蔵も心を許してなにか話しているかもしれない。

会ったのは、将棋相手である。野秋屋からほんの半町ほどのところに家はあった。

訪いを入れると、すぐに座敷に招き入れられた。

「健左衛門《けんざえもん》と申します。どうぞ、よろしく」

健左衛門は長屋ではなく、一軒家に住んでいた。裕福なのか、四部屋は優にありそうな家だ。一人暮らしときいたが、座敷は掃除が行き届いており、塵《ちり》一つ落ちていない。女手を頼んでいるのかもしれない。

健左衛門は肥えた男で、熊を思わせる体つきをしていた。膂力《りょりょく》も相当のものではないか、と文之介は踏んだが、この男なら祭蔵を殺すのに刃物など使わず、首をねじ切るくらいのことをするのではないだろうか。

もっとも、健左衛門は祭蔵の本当の死を知って、悲しみに暮れていた。その顔に嘘《うそ》はないように感じられた。

「祭蔵について、話をきかせてもらいたいんだが、いいか」

「もちろんにございます」

悲しみを打ち破るように、健左衛門が短い首を力強くうなずかせた。

「話をしたくて、手前はうずうずしておりましたよ」

「なにか知っているのか」

文之介は期待を寄せて、きいた。背後に控える勇七も瞳を輝かせているようだ。

「あの、その前に、よろしいですか」

「なにかな」

「祭蔵さん、殺されたというのはまことですか」

「本当のことだ。野秋屋の向かいの路地でな」

文之介は軽く見据《みす》えた。

「どうして殺された、ということを知ったんだ」

「ああ、それですか。祭蔵さんが死んでいることを知らせに来た若者が、殺されているといっていましたから」

そういうことか、と文之介は思った。

「おまえさん、祭蔵の偽りの葬儀に出ていたんだな」

「はい、もちろんにございます。親しい仲でしたから。葬儀の席では泣けて泣けて仕方なかったですよ。あのとき泣きすぎて、今、祭蔵さんの本当の死をきかされても、あまり涙が出てきませんや」

「そうかい。かわいそうにな」

文之介は健左衛門に、どうして祭蔵について話をしたかったのか、あらためて問うた。

「はい、祭蔵さん、このところ少し様子がおかしかったような気がしていましたので」

「ほう、そうか。どういうふうにおかしかった」

「先日もこちらで将棋を指したんですが、どういうわけか、心ここにあらずと申しますか、ふだんなら決して打ち損なうようなところではない局面で、へまを犯すというようなことが何度か続きました」

「祭蔵らしくなかったのか」

「ええ。祭蔵さんはとても明るい人でしたけど、将棋については熟考することが多く、手堅い指し方をする人でした。それがうっかり、という感じで、これまでの祭蔵さんには考えられないしくじりを何度も重ねました。こんなことは初めてだったものですから、よく覚えているんですよ。手前は、具合でも悪いのか、とききました」

「返事は」

「ちょっと悪い、とやや暗い顔をして……」

「先日というと、それはいつのことだい」

「そうですね」

顎に手を触れて健左衛門が考えこむ。

「五日前だと思うのですが。手前が退屈していたんで、無理に呼んだのですけど、呼ばないほうがよかったなあ、と後悔したんですよ」

「その頃なにがあったのか、祭蔵は口にはしなかったんだな」

「はい、さようです」

健左衛門は気がかりそうな思いを面にだして、答えた。

これ以上きくべきことを、文之介は思いつけなかった。

勇七にもたずねてみたが、黙って首を振っただけだった。

健左衛門に礼をいい、文之介と勇七は家を出た。

「五日ばかり前、祭蔵に葬儀をする決意をさせるなにかがあったということかな」

「旦那は葬儀がいたずらだったとは考えていないんですかい」

「いや、いたずらだったと考えているさ。でもな、唐突だったというのが、やはり気になるんだ」

「さようですかい」

とにかくだ、と文之介はいった。

「祭蔵の妾に会ってみようじゃねえか。なにか知っているかもしれん」

道を大島村に取る。文之介は肩で風を切るようにして歩きはじめた。

「旦那、たくましくなりましたねえ」

うしろから勇七がほれぼれという。

「なに、勇七、なんていったんだ」

文之介は鋭く振り向いてきいた。

「えっ、旦那はたくましくなりましたねえっていったんですけど」

「なに、もう一度いってくれ。たくま、まではよくきこえたんだが、その先がきき取れなかった」

「旦那は、たくましくなりましたねえっていったんですよ」

「なに、本当か、勇七」

「ええ、本当ですよ」

歩を運びつつ、勇七が深いうなずきを見せる。

「さっきだって、健左衛門さんから話をきいたとき、堂々としていましたからね。以前とはひと味もふた味もちがうって感じがしますよ」

「そうかな」

文之介は気恥ずかしくなって、鬢《びん》をがりがりとかいた。

「そんなにほめられると、勇七、俺は照れちまうぜ」

「照れることなんてありませんよ。あっしは心からそう思っているんですから」

「俺をやる気にさせるために、おだてようとしているんじゃねえだろうな。その手には乗らねえぜ」

「確かに、以前はやる気の感じられない旦那をなんとかしようと思って、いったことはありましたよ」

「以前、本当にあったのか」

文之介は意外に感じて勇七にただした。

「ええ、そいつはあっしも認めなきゃいけませんね」

「そうだったのか」

文之介は思い起こした。そういえば、勇七が、旦那はできる男だとか、頭のめぐりがすごくいい、だとか、鋭敏な脳味噌を持っているだとか、いってくれたことがあった。あれは、つまり文之介を励ますためだったのである。

そうだったのかい。

文之介は少しだけ落胆したが、勇七がいい続けてくれたからこそ、俺は成長できたという気持ちもある。

勇七には感謝こそすれ、うらむようなことは決してない。

それと、やはり嘉三郎によって仕込まれた三増屋の毒入り味噌汁を飲んで、生死の境をさまよったという事実が、ひとまわり自分を大きくしてくれたのではないか、という思いもある。

嘉三郎に対してありがたいなどという気持ちはまったくないが、一つまちがえば死んでいたという経験をしたというのは、これから生きてゆく上で、かなり大きなことだったのではないか。

怖いもの知らずというわけではなく、むしろ生きてゆくのに慎重にならざるを得ないのではないか、と思えることもあるが、俺は滅多な死に方はしないという自信が身についたのもまた事実だ。

「勇七は、俺が本当にたくましくなったと思っているんだな」

「ええ、さいですよ。それは嘘偽りのないものです。今の旦那は、もう十年以上の経験を積んだ定廻《じょうまわ》り同心といっていいくらい、精悍《せいかん》さと屈強さを身につけたと思います。あっしが女だったら、旦那にはうっとりしてしまうんじゃないですかね」

んだぜ」

「もし勇七が女だったら、お春並みにいい女かもしれねえものな。惚《ほ》れられてみてえも
　文之介はまたお春のことを思いだした。

「お春ちゃん、どうしているんですかい」

　勇七がきいてきた。

「最近、会ってねえからな。よく知らねえんだ」

「あれ、そうなんですかい。今、お春ちゃん、店に一人じゃないんですかい」

「一人ってことはねえよ。弟だっているし」

「さいでしたね」

「元気にしているさ。今日、仕事が終わったら三増屋に行こうかって考えていたんだが、こんな事件が起きちまって、ちと無理かもしれねえな」

「旦那、無理してでも行ったほうがいいですよ。そのほうが女っていうのは、喜ぶんですから」

　文之介はまた振り返り、勇七を見た。にっと笑いかける。

「勇七、おめえ、弥生《やよい》ちゃんと一緒になって、女のことがだいぶわかるようになってきたみてえだな」

　文之介と父親の丈右衛門が嘉三郎の術中にはまって、仙太《せんた》という文之介の親しい男の

子どもど も焼き殺されそうになったとき、勇七は弥生と二人で文之介たちがどこにいるか、探し当ててくれた。

勇七は文之介たちを救う代わりに大やけどを負い、弥生は必死に勇七の看護をしてくれた。弥生のおかげもあって、勇七はものの見事に快復した。それが縁で、二人は一緒になったのである。

「二人で暮らしていると、いろいろとありますからね。旦那もお春ちゃんと一緒になれば、あっしのいいたいことが、よくわかると思いますよ」

「そういうものかな」

「そういうものですよ」

道が大島村に入った。ぐっと緑が増えてきた。田畑が広がっているなかに、百姓家がいくつも建っている。

文之介は、泰蔵の口にした通りに道を歩き進んだ。

「このあたりだな」

立ちどまって、あたりを見まわした。こんもりとした林が見えているが、それが祭蔵の妾宅の目印になっているお稲荷《いなり》さんの杜《もり》ではあるまいか。

「あの杜のそばということだったが、それらしい建物は見えねえな」

「いや、旦那、あの杜の陰にあるのがそうじゃありませんか」

「どれだい」

「あそこですよ」

勇七が指さすほうに、文之介はじっと目をこらした。

「ああ、あれか」

確かに杜の木々のあいだに、一軒家らしいものが眺められる。

どうやら庭の緑が深いようで、それが稲荷の杜と重なり合っているために、文之介には少し見えにくかった。

「相変わらず勇七は目がいいなあ」

「あっしはふつうですよ。旦那、目が悪くなったんじゃありませんかい」

文之介は目をごしごしとこすった。

「どうかな。自分じゃあ、よくわからねえ。でも、悪くなったって気はほとんどしないんだけどな」

「さいですかい。旦那の場合、ちと見方が雑なのかもしれませんね。さあーと流してしまって、よく見ないっていうのか」

「そうかな。俺はよく見てると思うんだけどなあ」

「きっと注意も足りないんでしょうね」

「なんだい、今度はずいぶん責めるじゃねえか」

「持ちあげるばっかりで、天狗《てんぐ》になられても困りますからね」

「俺は天狗になんか、ならねえぞ」

「あっしもそいつはわかっているんですけど、念のためですよ」

「そうか。勇七の心遣いは、ありがたくいただいておくことにしよう」

文之介と勇七は、祭蔵の妾宅と思える家に近づいていった。

「広いな」

「健左衛門さんの家も広かったですけど、こちらはもっとですね」

「どこぞの村長の屋敷みてえな造りだな」

「まったくですよ」

枝折《しお》り戸が設けられ、その向こうには木々の深い庭が広がっている。穏やかな陽射しを浴び、ゆったりとした風に吹かれて、緑は気持ちよげに揺れている。妾が飼っているのか、鶏らしい元気のいい声が、裏のほうからきこえてきていた。

「祭蔵に卵を食わせていたのかな」

文之介は勇七にいった。

「かもしれませんね」

「卵は精がいいっていうからな。勇七もできるだけ食べるようにしろよ。そうすれば、きっと赤子もできるぞ」

「ええ、せいぜいそうしますよ」

答えた勇七が枝折り戸をあけ、庭に足を踏み入れた。

文之介はそのあとに続いた。そういえば、勇七には子ができたという話がない。

こいつ、することをちゃんとしていやがるのかなあ。しっかりしているように見えて、けっこうとろいところがあるからなあ。わからねえぞ。

文之介は勇七の背中を見つめて、そんなことを思った。

「旦那、なんですかい」

勇七が振り向いてきいてきた。

「なんですかい、ってなにが」

「旦那、今、ぶつぶついっていたじゃないですか。ちゃんとしていやがるのかなあ、とか、わからねえぞ、とか」

へえ、きこえていやがったか。

文之介は勇七の耳のよさと、自分がぶつぶつ口にだしていたことに驚きを覚えた。

「なに、この家のことさ。戸締まりをちゃんとしていやがるのかなあ、って」

「わからねえぞ、はなんですかい」

「果たしてちゃんと戸締まりしてあるか、わからねえぞ、だ」

「ああ、さいですかい」

この説明で信じたかどうかわからないが、勇七の注意は前に向いた。

目の前には母屋があり、閉じられた腰高障子の向こう側は濡縁《ぬれえん》のついた座敷になっているようだ。濡縁の前には沓脱石《くつぬぎいし》があり、女物の雪駄《せった》が二つ、並んでいた。

二つか、と文之介は思った。なるほど、祭蔵に二人の妾がいたのは本当のようだぜ。

これは泰蔵からきいたことで、決して疑ってはいなかったものの、こうして二つの雪駄を目の当たりにすると、この家に二人の妾が住んでいるという事実が、文之介の胸に迫ってくる。

妾宅であるということが手伝っているのか、なんとなくなまめかしい空気が漂《ただよ》っているような気がする。

しかし二人の妾が一緒で、うまくやっていけるのかなあ。

文之介はそんな疑問を抱いた。

泰蔵によると、二人の妾は祭蔵の偽りの葬儀には来ていたそうだ。だが、焼香をすませると、いかにも居心地が悪そうにそそくさと帰っていったという。

だから、本当の祭蔵の死をいまだに知らないのではないか、ということだった。

勇七が腰高障子に向かって訪いを入れる。

はーい、と明るい声がし、腰高障子が勢いよくあいた。

若い女が顔をのぞかせた。目がくりっとし、鼻が高く、なかなかととのった顔立ちをしている。

勇七と文之介に目をやる。

「あら、お役人。いらっしゃいませ」

屈託なくいって、濡縁にぺたりと座りこんだ。裾がめくりあがり、真っ白な太ももがあらわになった。

文之介は注視しそうになり、あわてて目をそらした。勇七も目のやり場に困っている様子だ。

ふふ、と女が口に手を当てて笑う。

「二人ともかわいい」

そんな仕草も色っぽい。さすがに人の妾だけのことはあるが、すべての妾にこれだけの色気があるわけではないから、この女が特に妖艶《ようえん》なのではないか。

しかし、なんの不安も気がかりもないような、いかにもくつろいだ笑顔を見ていると、目の前の女が祭蔵の本当の死を知らないというのが、実感された。

「おぬし、おようさんか」

文之介はたずねた。勘にすぎないが、当たっているのではないか、という確信がなんとなくあった。

案の定、女が目を丸くする。

「どうしてご存じなんですか」

すぐに破顔した。

「といいたいところですけど、あたしは、いちといいます」

文之介は、がくりときた。俺の勘もたいしたことねえな。

おいちと名乗った女が、気づいたように勇七に目を戻した。

「あーら、いい男。おにいさん、名を教えてよ」

なんとなくおもしろくない気分になった文之介はまず自分が名乗り、その次に勇七を紹介した。

「勇七さん、顔だけじゃなくて、名もかっこいいのねえ。ねえ、まだ一人なんでしょ」

「残念ながら、勇七にはかわいい嫁さんがいるんだ。しかも一緒になってまだあまりたってねえから、熱々だ」

文之介は力説したが、おいちはろくにきいていないようだ。

「勇七さん、どこに住んでいるの。近くなんじゃないの。教えてくれたら、今夜にでも忍んでいくわよ」

「あっしには、女房がいますんで」

勇七がぶっきらぼうにいった。こういういい方をするのは、腹に据《す》えかねている証だ。

「そうなの」

おいちにも、勇七の不機嫌さが伝わったようだ。

「どうしたの」

おいちの背後から声がし、別の女が顔を見せた。

文之介は身を乗りだすように目をみはった。勇七も同様だった。

新たな女は、おいちとほとんど同じ顔をしていたからだ。

「お役人が、なにか用事みたいよ」

おいちが女を仰ぎ見るようにしていった。白い喉《のど》がなんとも悩ましい。

「双子なのか」

文之介はつぶやきを漏らした。

「ちがうんですよ」

おいちが文之介に目を戻していった。

「あたしたち、よく双子にまちがわれるんですけど、姉妹なんです」

「へえ、姉妹だったのか。――おぬしがおようだな」

どうやらこちらが姉のようだ。いくらなんでも、これはまちがいないだろう、と文之介は思った。

「はい、さようです」

濡縁に出てきたおようがしっかりと正座し、顎を深く引いた。よく光る目で文之介を見つめてくる。

「お役人、もしかして旦那のことでいらしたんですか」

おや、この女、祭蔵が死んだことを知っているのか。

「そうだ」

「やっぱり」

おようが納得した顔になる。

「だから、あんな真似しちゃいけないって、あたしたち、旦那を強くとめたんですよ」

「あんな真似というのは偽の葬儀のことか」

「はい、そうです」

文之介があっさりといったことで、おようの目に不審の色が浮かんだ。

「お役人、その件でいらしたんじゃないんですか。死んでもいないのに、偽の葬儀を執り行うなど、けしからん、て」

「うん、実はそうじゃねえんだ」

文之介は一歩踏みだし、丹田《たんでん》と呼ばれるへその下あたりに力をこめた。こうすると、気力が出るのは確かなようだ。

二人の姉妹に、祭蔵の死を伝えた。

二人はぽかんとした。おようが我に返ったようにごくりと喉を上下させた。

「えっ、じゃあ、本当に旦那、死んじゃったんですか」

「ああ、野秋屋の前の路地で、刺し殺されたんだ。おぬしたちが葬儀をあとにして、あまりたっていないときだったのではないかと思える」

二人は呆然《ぼうぜん》とした。だがそれもつかの間で、いきなり濡縁に突っ伏した。

声をそろえて号泣しだした。

文之介と勇七は、二人が泣きやむのを黙って待つしかなかった。

太陽が小さな雲に隠れたり、出たりを繰り返した頃、ようやく二人は静かになった。

「だから、あんなこと、しなきゃよかったのに」

およう が悔しそうにいう。

「あんなことすると、本当のことになってしまうのよ」

「もっときつくとめればよかった」

おいちが悔しげに濡縁を叩く。拳《こぶし》の皮が破れてしまうのではないか、と文之介が危《き》惧《ぐ》するほどの強さだった。

おようが顔をあげ、文之介たちを見た。

「誰が旦那さまを殺したんです」

叫ぶようにいった。豊かな髪がほつれ、生き物のように激しく動いた。涙で顔はぐっしょりになっていた。

「それを調べに、ここまでやってきたんだ」

おようがはっとする。

「すみません、お役人をほったらかしにしておいて」

「いいんだ」

「どうぞ、おあがりになってください」

文之介たちはその言葉に甘えた。

なにも置かれていない座敷は清潔そのもので、健左衛門のところにまったく劣っていなかった。派手な外見とは異なり、二人とも意外に細やかな性格なのかもしれない。

姉妹は二人で台所に行った。すぐに戻ってきた。二人で一つずつの湯飲みを手にしている。それを文之介たちの前にていねいに置いた。

文之介は、二人の気持ちがだいぶ落ち着いてきているのを知った。

茶を喫する。勇七にも、いただくようにいった。

甘さが感じられる茶で、おいしかった。自分たちは飲まないのかきいたら、お茶は高いから旦那さまかお客さまだけにしているんです、と答えた。

慎《つつ》ましいんだな、と文之介は感心した。勇七も同じように感じているのが、なんとなくわかった。

「祭蔵のことだが」

水を向けると、はい、といって二人とも真剣な光を目に宿した。

「うらみを持っている者に心当たりはないか」

二人は意外な言葉をきく、というような顔つきになった。

「旦那さまはとてもお優しく、人さまにうらみを買うようなお方ではありません」

文之介はうなずいてみせた。

「これまで話をきいてきた者たちも口をそろえて同じことをいうが、どうだい、少し考えてみちゃくれねえか」

承知いたしました、といって姉妹は下を向いて思案をはじめた。

やがて二人が同時に顔をあげた。

「やっぱり、旦那さまがうらみを買っているような心当たりはありません」

「そうか」

文之介はいった。二人がここまでいう以上、本当にないのだ。

「このところ、祭蔵に変わった様子はなかったか」

文之介が問うと、二人の若い女は見つめ合った。

「そういえば、ここ最近、落ちこんでいる様子が見られました」

おようがおいちからそっと目をはずしていった。

「落ちこんでいたか。そいつは、いつのことだい」

「五日か六日前くらいだと思います」

「わけは」

また姉妹は顔を見合わせた。互いに瞳で会話をしているようだ。

「あれは、旦那さまが夜の散歩から帰ってきたときです」

これは、おいちがいった。

「とにかく、旦那さまらしくありませんでした。物思いにふけり、少しおびえた様子でしたから」

「おびえた様子だって」

「はい。旦那さまは明るい性格で、滅多にそんなところなど見せることはなかったのですけど、あの日だけはちがっていました」

「どうしておびえていたんだろう」

その問いを予期していたように、おようがすぐさま口をひらいた。

「あの晩、旦那さまは多分、近くの破れ寺に行ったはずです」

「破れ寺というと」

「礼勉寺《れいべんじ》といいます。ここから、ほんの二町ばかりのところにある廃寺です」

廃寺か、と文之介は思った。

「誰もいない寺なんだな」

「はい。もう十年以上も前に廃寺になって、荒れ放題です」

「おまえさんたちも行ったことがあるんだな」

「はい、何度か旦那さまに連れていってもらいました」

文之介は背筋を伸ばした。

「祭蔵は、どうしてそんな荒れ寺に行ったんだ」

おようとおいちの二人が、恥ずかしそうにした。

「旦那さま、好きだったんです」

おようが思いきったようにいった。

「好きだったって、なにが」

「のぞくことが」

「のぞくって、なにを」

文之介に見当はついたが、確認のためにきいておかなければならなかった。

「誰もいない寺ですけど、まだ本堂は残っているんです。そこでは、若い男女が……」

「なるほどな」

文之介は小さく相づちを打った。

「亡くなってしまった方を決して責めるわけではありませんけど」

おようが前置きをする。

「旦那さまは、いたずらが大好きでした。でも、のぞきはそれ以上に好きでした。そういうのを見るとひどく興奮して、そのあとここに帰ってくるんですけど、旦那さまはとてもすごかったんです」

おいちがそのあとを続ける。

「旦那さまの歳からしたら、少し異様だったといってよいと思います。でも、あの晩はちがいました。姉さんのいう通り、おびえていらしたと思います」

「祭蔵は、礼勉寺でなにを見たんだろう」

「さあ」

姉妹はそろって首を横に振った。

「私たちもきいたのですけど、教えてくれませんでした」

そうか、と文之介はいった。

祭蔵はいったいなにを見たのだろう。

文之介は知りたくてならなかったが、それは今後の探索にかかっている。

四

せせらぎがきこえる。

川がすぐそばを流れているのだ。温泉の勢いのよさをあらわして、建物のなかはもうもうとした湯気で一杯だ。壁や天井がかすんで見える。

御牧丈右衛門が入っているのは掘っ立て小屋も同然だが、やはり天下の名湯だけあって、湯は本当にすばらしい。やってきて、本当によかった。

「気持ちがよいなあ」

たまらず嘆声を放った。小屋のなかを声が響いてゆく。

頭にしぼった手ぬぐいをのせた丈右衛門は湯船に浸《つ》かったまま、大きく伸びをした。小さく波が立つ。

ほかに客は一人しかいない。貸し切りみたいなものだ。だから、遠慮はまったくいらなかった。

丈右衛門はその客に顔を向けた。ちょうどさっき丈右衛門のつくった波が届き、客の左肩のあたりでぽちゃんと軽い音を立てた。

「どうだ、藤蔵」

声をかけると、三増屋のあるじは寂しげな笑みを見せた。

「まったくでございます」

なにがまったくなんだ、と問うのはたやすいが、藤蔵はまだ病人みたいなものだ。笑みを見せられる分、よくなってきたとはいうものの、ちょっとつついたら湯豆腐のように心はあっさりと崩れていってしまう。下手なことは口にできない。

「うむ、だいぶ顔色がよくなってきたな。いいことだ」

「まことでございますか」

藤蔵は丈右衛門に遠慮してか、やや離れたところにいる。声が小さく、少しきき取りにくい。

「うむ、まことだ」

実際にはいい顔色とはとてもいえないが、いい続けることで、本人もその気になってゆくものだろう。ここ箱根でしばらく逗留すれば、きっと前の藤蔵に戻ってくれるにちがいなかった。

だが、急に戻れというのも、さすがに無理な話だよな。

丈右衛門は両手で湯をすくい、静かに顔を洗った。やわらかで、絹のようにしっとりとしている。しかも、まったく色がついておらず、透明そのものだ。

こんな湯が、こんこんとわいているというのは、実際に浸かっているというのに、信じがたい。江戸の湯屋の、いつ取り替えたのかわからないような湯には、二度と入りたくなくなってしまう。

といっても、江戸に帰れば入りに行くしかなかった。ほかに手はないのだから。箱根の湯が江戸の庶民だけでなく、大名たちにも人気があるというのが、すんなりとわかる。

「こんな湯が、江戸でもわいてくれたらいいのになあ」

丈右衛門は決してかなうことのない願望を口にした。

「まったくでございます」

先ほどとまったく同じ言葉が返ってきた。小屋の壁にこだまのようにはね返ってきこえたのは、藤蔵の声にやや力が出てきたゆえだろう。

「藤蔵もそう思うか」

「思います」

間髪入れず答えがあった。これもいい兆しにちがいない。

「藤蔵、江戸では温泉は出ぬのかな」

「きいたことがございませんので、出ないのでしょう」

丈右衛門の顔に汗が浮いてきた。かなり長いこと、入っている。頭の手ぬぐいで汗をふいた。

藤蔵も同じことをしている。

汗をかけるようになったことも、実はいいことなのではないか。

丈右衛門はそんなことを湯に浸かりながら思った。

藤蔵の身に起きたことを考えれば、笑えるようになったことだって、奇跡に近いのではないか。

三増屋は、嘉三郎という極悪人によって毒入りの味噌を知らずに売ってしまった。そのために三増屋の客が十名も死に、五十人を超える者が床に臥《ふ》せることになった。丈右衛門のせがれの文之介も、お春がつくった味噌汁を飲み、一時は命が危うくなった。

毒入りの味噌を売った罪で藤蔵は町奉行所《まちぶぎょうしょ》にとらえられ、牢《ろう》に入れられた。

文之介や丈右衛門にうらみを抱いた嘉三郎は、その矛先を丈右衛門たちが特に親しくしている三増屋に向けたのだ。三増屋が陥れられ、藤蔵が牢につながれることになったのは、丈右衛門たちのせいともいえた。藤蔵はただの犠牲者だった。

必死の働きによって、文之介と丈右衛門は嘉三郎をとらえた。それによって藤蔵の無実は明らかになったが、藤蔵の心の傷は決して癒《い》えることはなかった。

無理もなかった。罠《わな》にかけられたとはいえ、藤蔵が仕入れることを判断し、売った味噌で十名の客が死んでしまったのは、覆《くつがえ》せない事実なのだ。

だが、丈右衛門がどう考えても、藤蔵に罪はない。なんといっても、嘉三郎の罠があくどすぎた。

それで丈右衛門は療養のために、藤蔵を箱根に連れてきたのだ。最初、藤蔵はいかにも億劫《おっくう》そうで、人前に出るのがいやだったようだ。箱根の旅など、とんでもないといいたげな風情《ふぜい》だった。

だが、今はそういう表情がだいぶ取れて、丈右衛門にはだいぶくつろいできているのがわかるようになってきていた。それだけでも温泉に連れてきた甲斐《かい》があったというものだろう。

丈右衛門自身、江戸を離れるのは久々だった。隠居して、これが二度目だ。

一度目は、二年前になる。あれは川越《かわごえ》だった。川越に移り住んだ親類の法事があったのだ。そのとき、丈右衛門は初めて江戸を離れたのである。

だから、ここまで遠くにやってきたのは、むろん初のことで、丈右衛門自身、感慨がないわけではない。

人生で初めての旅というわけだ。江戸を出て、東海道《とうかいどう》をのぼり、箱根にやってくるまで途中、旅籠《はたご》で二泊した。

のんびりとした旅で、見るものすべてが珍しかった。妻のお知佳《ちか》、連れ子のお勢《せい》も一緒に連れてきた。お知佳も江戸を出るのは初めてで、目を輝かせていた。

藤蔵の娘で、文之介の想《おも》い人であるお春は江戸に残っている。今、なにをしているのだろう。

お春にも心の傷はある。やはり連れてくるべきだったのではないか。丈右衛門には、後悔がある。

だが、無理に連れてくるより、文之介のそばにいたほうがいいのかもしれぬ、という思いもまたあった。

今、三増屋にはお春のほかに跡継のせがれがいる。三増屋自体、丈右衛門の旧友で与力《よりき》の桑木又兵衛《くわきまたべえ》が無利子で貸してくれた三千両のおかげで、潰れるようなことは決してない。

丈右衛門としては、又兵衛に感謝してもしきれない。江戸に帰ったら、第一に会わなければならぬと思っている。

丈右衛門は、湯に肩まで浸かっている藤蔵に声をかけた。

「はい」

藤蔵がゆったりと顔を向けてきた。

「箱根の湯は、誰が見つけたのか、存じているか」

「見つけたお方ですか」

藤蔵が首をひねる。新たな汗が湯にしたたり落ちてゆく。

「弘法《こうぼう》大師さまですか」

「正解といいたいが、そうではない」

「さようでございますか。手前は存じあげません」

「知らぬのも無理はない。わしも行くことが決まってから調べてみて、初めて知ったのだから」

「さようにございましたか。して、どなたが見つけたのでございますか」

「釈浄定坊《しゃくじょうてい》という坊さんだ」

「いつの時代の人でしょう」

「奈良の昔とのことだ」

「それはまた古い」

「天平《てんぴょう》十年（七三八）のことらしいぞ」

「天平ですか。想像もつきません。箱根には七つの温泉があるときいていますが、そのうちの一つなんでしょうか」

「わしにもよくわからぬが、湯本《ゆもと》近くの熊野《くまの》神社そばにわき出ている惣湯《そうゆ》というのが、釈浄定坊が見つけた湯だそうだ」

「さようですか。それだけ歴史のある温泉でしたら、きっと今もつかわれているんでしょうね」

「おそらくな」

藤蔵が顔を両手で洗う。

「箱根の湯は、将軍家にも献上されたとききましたが、御牧さまはこれについてご存じでございますか」

藤蔵は、ずいぶんとしゃべるようになってきた。饒舌《じょうぜつ》といっていいかもしれない。いいぞ、と丈右衛門は思った。前は言葉をなくしてしまったかのように、ほとんど口をひらかなかったのだ。

「うむ、わしもきいたことはある。三代家光《いえみつ》公の折、小田原《おだわら》城主だった稲葉《いなば》家が献上したというな」

「小田原といえば大久保《おおくぼ》さまと思っていましたが、家光公のときは、稲葉さまでございましたか」

「そうだ。稲葉正勝《まさかつ》というお方は有名な春日局《かすがのつぼね》の御子だった人だ。そんな縁もあって、箱根の湯を献上する運びになったんだろう」

「なるほど」

丈右衛門は立ちあがった。湯が勢いよく揺れる。それが藤蔵の顔にかかった。

「すまぬ」

「いえ、いいんでございますよ」

藤蔵はにこにこしている。それが、以前の笑顔に重なった。

前の藤蔵に戻りつつある。

それが丈右衛門にはうれしくてならなかった。

湯船の縁に腰を預け、太ももの上に手ぬぐいを置いた。丈右衛門は手で湯をすくい、藤蔵の顔にかけた。

「うわっ」

藤蔵は驚いたが、いかにも楽しそうな笑みを浮かべた。

「御牧さま、いったいなにをされるんでございますか」

丈右衛門はかまわず、再び湯を浴びせた。

「御牧さま、反撃してよろしゅうございますか」

丈右衛門はにっと笑った。

「やれるものならな」

「やれますとも」

藤蔵がだしぬけに中腰になり、両手を湯のなかにざぶんと差し入れた。抱きかかえるようにした、たっぷりの湯を丈右衛門の頭にぶっかけてきた。

「こりゃたまらん」

丈右衛門はたまらず悲鳴をあげたが、まるで幼い時分に返ったようで、楽しくてならなかった。

藤蔵も満面の笑みだ。こんな笑顔は、これまで見られなかったものだ。

無理にでも連れてきて本当によかった。丈右衛門は心の底から思った。

五

礼勉寺。

寺としては、あまりそぐわない名のような気がする。とにかく珍しい名といっていいのではないか。

瓦《かわら》が一つも残っていない本堂が、朝の陽射しを鈍くはね返している。ぐるりをめぐる土塀は、塗りがほとんどはげていた。大槌《おおづち》を打ちこまれたかのように塀そのものが欠け落ちてしまっていて、竹組みが見えているところも目立つ。

ふーむ、破れ寺とはよくいったものだな。

文之介は礼勉寺の山門前に立って、そんなことを思った。

宗派はなんだったのか。

それは事前に調べてある。

曹洞宗《そうとうしゅう》だった。禅宗として臨済宗《りんざいしゅう》と並び立つ宗派だ。

確か曹洞宗の本山は、と文之介は思った。越前《えちぜん》の永平寺《えいへいじ》ではなかったか。それと、能《の》登《と》の総持寺《そうじじ》もそうであるはずだ。

二つも本山があるのは、元和《げんな》元年（一六一五）に公儀《こうぎ》から法度《はっと》が出て、そう決まったからだと耳にしたことがある。

どちらが本当の本山なのか、争いがあり、それに幕府が決着をつけたのだそうだ。二つの本山があるというのはまれなことといっていいのだろうが、こういう穏やかな決着のつけ方を、文之介はきらいではない。

「朽ちかけていますね」

礼勉寺の山門を見あげて、勇七がいう。

「ああ、今すぐに崩れ落ちてもおかしくはねえな」

柱は腐りかけているし、門自体、風雨にさらされたり、虫にやられたりして壁がささくれ立っている。かびらしいにおいもしていた。

「でも、扁額《へんがく》はしっかりと掲げられていますね」

「ああ、そいつだけはまだ朽ちようとはしちゃいねえや」

そこには墨の消えかけた字で、確かに礼勉寺と記されていた。

「よし、勇七、なかに入るか」

「ええ」

すでに寺社奉行から、礼勉寺に出入りすることへの許しは得ている。ただし、いつものこととはいえ、少しかかりすぎたという思いは否めない。ときを無駄にしている感が、許しを得るまでのあいだ、ずっと文之介にはつきまとっていた。

なにごとも、もう少しすんなりとことが進めばいいんだけどなあ。役人のすることだから、仕方ないか。

自分も役人であることを棚にあげ、歩きだした文之介は階段に足をかけた。勇七がうしろに続く。

二人は山門をくぐり抜けようとした。そのとき一際強い風が吹いたことで、文之介はどきりとした。

「旦那、どうしました」

一歩、先んじる形になった勇七がさっと振り向く。

「どうもしちゃいねえよ」

勇七がにっと笑った。

「なんだ、その人を小馬鹿にしたような笑いは」

勇七が頬《ほお》をつるりとなでる。

「小馬鹿にしたような笑いなんて、しちゃあいませんよ」

「いーや、おめえはしてるんだよ」

「あっしが旦那を小馬鹿にするわけがありませんよ」

「あるじゃねえか」

「はて、なんですかい」

「風が吹いて、俺がどきりとしたことだ」

「旦那、どきりとしたんですかい。どうしてですかい」

「わかっているんだろうが。とぼけやがって」

「わかりませんよ」

「しらばっくれるんじゃねえよ。風が吹いて、門が崩れ落ちるんじゃねえかって、肝《きも》を冷やした俺を笑いやがっただろうが」

勇七がぺろりと舌をだす。

「あれ、ばれてましたか」

「当たりめえだ。いつからのつき合いだと思っているんだ」

「さいですよね。あっしらは長いですよねえ。もう何十年も、つき合ってきたような気分ですよ」

「勇七、腹一杯か」

「まさか、そんなことはありませんよ。あっしは、これからも旦那と一緒のときを存分にすごしたいと思っていますからねえ」

「うれしいことをいってくれるじゃねえか」

「あっしは、旦那を喜ばせることが、生き甲斐でもありますから」

「ほんとか」

「本当ですとも」

文之介と勇七は山門を抜け、境内《けいだい》に足を踏み入れた。

そういえば、と文之介は思った。勇七は俺を喜ばせて成長をうながしたようなところが昔からあったなあ。

文之介はなんとなく境内を見渡した。

塀に沿うように、ちっぽけな鐘楼《しょうろう》が建っている。鐘はない。廃寺になったとき持っていかれたのだろう。鐘楼はまだ造りがしっかりしているようで、今すぐに崩れるような感じはしない。

文之介は正面に建つ本堂に目を向けた。

曹洞宗である以上、ここで毎朝、座禅が組まれたこともあったはずだ。

人けのない空虚な場所を、強い風が吹き抜け、砂埃巻きあげてゆく今、往時の光景を脳裏に描くことは、ひじょうにむずかしかった。

文之介と勇七はすり切れた敷石を踏んで、本堂に近づいた。

こちらも塀に劣らずひどい。壁のいたるところに穴があき、柱も腐りかけ、小さな地震でも、あっという間にぺっしゃんこになりそうな感じがある。

ここで、と文之介は境内をなめるようにあらためて眺め渡して、考えた。祭蔵は見てはならないものを見てしまったのだろうか。あるいは、きいてはいけないものをきいてしまったか。

想像だけではわからない。この寺に詳しい者に話をききたい。おそらく本堂に出入りし、ことをいたしている男女が見つかればいいが、そうたやすくは運ぶまい。

では、誰がいいか。

文之介はしばらく思案を続けた。

誰にきくべきか、という思いに対して答えは見つからず、代わって別のことが脳裏を占めた。

勇七のことだった。文之介の役に立ちたいという気持ちを、面にあらわしてこちらを見つめている。

幼い頃、文之介と勇七は同じ手習所《てならいじょ》に通っていた。文之介は、字を手本通りに書く手習が苦手だった。

それを、うまいなあ、すごく上手になったなあ、見ちがえたよ、実は天才なんじゃないか、などと常に励ましてくれたのが、勇七だった。

天才といわれて真に受けた文之介は舞いあがり、一所懸命やっていたら、字はとてもうまくなった。それも急にうまくなったのだ。一日で、昨日とはまったく別の字を書いていた。手習師匠が、その変わりように腰を抜かしかけたほどだ。

ほかにも、文之介が通っている道場によく来ては格子窓《こうしまど》から、稽古《けいこ》ぶりをのぞいていたものだ。

勇七自身、剣はあまりわからなかったはずだが、文之介のことを、筋がとんでもなくいいよ、竹刀《しない》のはやさが図抜けているぜ、足さばきがまるで能舞台にいるみたいだ、あの上段からの打ちこみは天才にしかできない技だよ、などといってくれた。

父親の丈右衛門が遣い手としてきこえており、その血を受け継いでいる文之介にも剣の素質は備わっていただろうが、勇七の声援がなかったら、才が開花することは決してなかったにちがいない。

「勇七」

文之介は声をかけた。

「なんですかい」

「ありがとな」

勇七が面食らう。

「なんですかい、いきなり」

文之介は勇七の肩を叩いた。筋骨のたくましさが手応《てごた》えとして、返ってきた。力は強かったが、幼い頃、勇七はやせていて、体つきだけ見ると、頼りなさを感じさせることもあった。しかし、今はまったくちがう。大人になったのだ。

「たまには、ありがとうっていいたい日もあるさ。──勇七、本堂を見てみよう」

「承知しました」

文之介の気持ちが伝わったようで、勇七はにこにこしている。

本堂には五段の階段がついていたが、最初の二段と最後の一段が踏み抜かれたように壊れている。あいだの二段も腐りかけて、今にも底が抜けそうだった。

文之介と勇七は階段を使わずに、回廊にあがった。

板戸に手をかける。土や泥などの汚れが一面にびっしりとついているものの、造りはまだしっかりしており、すんなりと横に滑っていった。

本堂は薄暗く、最初は目が慣れなかった。しばらく敷居《しきい》の前に立っていた。だが板戸をあけたことで、夕闇《ゆうやみ》程度の明るさが忍びこみ、なかがどうなっているのか、すぐにつかむことができた。

がらんどうだった。本尊が安置されていたはずの床には、大きな黒いしみができていた。広いことは広い。優に三十畳ほどはある。

文之介と勇七は踏まぬように敷居を越えた。

そんなに汚くないのが、意外だった。

「思いのほか、きれいですねえ」

勇七が嘆声にも似た声を放つ。

「まったくだ」

文之介は見渡した。

「誰かが掃除をしているわけでもねえだろうが、あまり埃も積もっていないようだ。これだけさっぱりしているのなら、人が入りこんでもおかしくはねえな」

「ええ。真冬はさすがにきついでしょうけど、今なら一夜の宿とするのには、なんら不自由はないでしょうね」

奥に進んでみた。板戸にぶつかった。

文之介はあけた。

納戸《なんど》だったのか、六畳ばかりの広がりがあった。その先はがっちりとした板壁になっている。

「こっちはもっときれいだな」

文之介は足を踏み入れていった。

「ええ。床板を張り替えたってことはないんでしょうけど、床も新しいような感じがしますね」

勇七が、右足で床板を押すような仕草をする。

「うん。それに、掃除が行き届いているみたいだな」

「人が出入りしているんでしょうか」

「だろうな」

勇七が文之介を見つめてきた。

「誰か決まった者が、ここを繁く使っているんですかね」

「十分に考えられる」

「なんのために使っているんですかね」

勇七がきいてきた。文之介は軽い笑い声をあげた。

「勇七、すでにその答えはわかってるって顔だぞ」

そんな馬鹿なといいたげに、勇七が首をひねる。

「とんでもない。あっしはわかってなんかいませんて」

「とぼけやがって」

文之介は、勇七の鼻の頭を指ではじきたかった。

「悪事なんかの密談だろうよ」

「祭蔵さんは、その手の密談をここできいてしまった」

「きっとこの部屋に男女が入りこんで、ことに及ぶことがあるんだろう。祭蔵はそれを見たさに、亡くなる五、六日前も同じようにやってきた。だが、そこで目にしたものは悪人どもの集まりだった」

「祭蔵さんは、悪人どもに気づかれたんでしょうかね」

「おそらくな」

勇七がはっとする。

「今頃気づくなんて、旦那に間抜けっていわれちまうかもしれないですけど」

「俺が勇七のことを、間抜けだなんていうはずないだろう」

「ちっちゃい頃、さんざんいわれましたよ」

「それは昔のことだろう。幼いときの勇七は、意外にとろいところがあったからな。どうしても口をついて出ちまったんだ」

「あっしがとろかったですかい」

「ああ、とろかったぞ」

「旦那ほどじゃないと思いますけどね」

「そんなことはねえよ。おめえのほうがずっととろかった」

「冗談じゃないですよ。旦那のほうがあっしより、体の動きや頭のめぐりはひどく鈍かったでしょう」

「馬鹿いうな」

「馬鹿なんか、いってませんよ」

「いってるだろうが」

「いってませんて」

「いってるんだよ。そんなこともわからねえのか。この間抜けが」

勇七がにっと笑った。

「ついにいいましたね」

文之介は、はめられたことを知った。

「策士じゃねえか」

「そうでもありませんよ。あっしは間抜けですからね」

「勇七は間抜けじゃねえよ」

文之介は本心からいった。

「話を戻すぞ」

勇七が深くうなずく。真摯《しんし》な眼差しを文之介に当ててきた。

「さっき勇七がいいかけたが、ここで悪人どもの密談をきいてしまった祭蔵は、きき耳を立てていることに気づかれた。そのあと勇七、どうなったと思う」

「あわてた祭蔵さんは夜陰に紛《まぎ》れて逃げだした」

「だが、きっと顔を見られちまったんだろうな」

「ええ、その通りでしょう。祭蔵さんは不安でたまらず、誰かに話してみようかと考えたものの、それもできず、やがて一つの手を考えついた」

「勇七、そいつはなんだ」

勇七がうれしそうに白い歯をこぼす。

「旦那、その答えはとうにわかっているって顔ですよ」

「さあ、わからねえな。勇七、教えてくれねえか」

「旦那、相変わらずとぼけるのが下手ですねえ」

「おめえほどじゃねえよ。勇七、はやく教えろ」

はい、と勇七がいった。

「おびえきった祭蔵さんは、悪人どもの手から逃れるために、自分を死んだことにしたんでしょう」

「なるほど、そういうことか」

文之介は拳と手のひらを打ち合わせた。いい音が鳴った。

勇七が文之介の振る舞いを見て、苦笑している。

「だから自分の葬儀を行ってみせた。だが、悪人どもに見抜かれ、路地で殺されてしまった」

「祭蔵さんも、路地になど出なきゃよかったんでしょうね」

「そうだな。根っからのいたずら好きが災いしたんだろう。自分の葬儀にどれだけの人が集まってくれているのか、見たくてならなくなった」

「そこを、悪人どもに見られてしまったんですね」

「そういうこったろう」

文之介は勇七とともに、この六畳ばかりの部屋を見てまわった。手がかりとなるようなものがないか、探してみたものの、なにも得ることはなかった。

勇七をうながし、本堂の外に出た。

陽射しが満ちており、目が痛くなった。大気がうまく、文之介は存分に吸いこんだ。

山門を出た。文之介は、ちょうど前を通りかかった百姓に、最近、この寺に出入りし

ている者について知らないか、たずねた。

廃寺の礼勉寺に人の出入りがあることなど知らなかった様子の百姓は、驚きの色を顔

に浮かべた。

「いえ、手前は存じません」

「ふむ、そうか。足をとめさせて、すまなかったな」

申しわけないことでございます、といって空の籠《かご》を担いだ百姓は、文之介たちの前を

去っていった。

誰か話をきくのにいい者はいないか、と思っていたところ、まだ手習所に通うのには

はやいと思える子供がやってきた。数えてみると、六人いた。全員、男の子だ。

文之介は、なんとなく仙太たちを思いだした。

仙太たちはもっと歳《とし》が上で、勇七の女房の弥生が営んでいる三月庵《みつきあん》という手習所の手

習子である。

もっとも、文之介が仙太たちと知り合ったのは、勇七や弥生を通じてではない。もっとずっと前のことだ。

大島村の者と思える子供六人は立ちどまり、文之介たちに大きな声で挨拶した。滅多に目にすることはないはずだが、文之介が定町廻り同心であるのは黒羽織の着流し姿からわかっているようで、興味津々そうな目をぶつけてきた。

しかしさすがに町方同心に対する怖さも隠せないようで、文之介たちから離れるように大まわりして、礼勉寺の山門をくぐっていこうとした。

ここを遊び場にしているのか。

文之介はすかさず呼びとめた。

子供たちがきびすを返し、文之介たちの前にあっという間に集まってきた。怖さより興味のほうがまさったようだ。

文之介は、先ほどの百姓にしたのと同じ問いを繰り返した。言葉はもう少し砕けたものにした。

「夜に、このお寺さんに出入りしている人かあ」

「夜にはおいらたち、ここには、来ないものなあ」

「そんなことしたら、おっかさんにぶん殴られるからね」

「どうしてそういう人を探しているの」

一人が文之介に問いを発した。

「ばーか。そんなこと、お役人が話すわけ、ないじゃないか」

「話してくれるかもしれないじゃないか」

「話すもんかい」

甲高《かんだか》い声で、雀《すずめ》がさえずるように口々にいった。

「ちょっと、ある事件で、そんな人がいたらいいなあ、と思っているんだ。少し話をしたい」

「どんな話」

「それはちょっといえないんだ」

「そうだよね。ほら見ろ、やっぱり話してくれないじゃないか」

「でも少しは話してくれたよ」

「それで、どうなんだい」

勇七があいだに割って入った。

「話をきけそうな人はいるのかな」

「夜のことかあ」

六人の子供が考えこむ。

「ああ、一人いるよ」

体が最も大きな男の子が、頭に突き刺さるような大声を張りあげた。

「民爺《たみじい》がいいんじゃないかなあ」

「ああ、そいつはいいね」

「ぴったりだよ」

六人が、そろえたようにいっせいに笑顔になった。

「誰だい、民爺っていうのは」

文之介は六人にきいた。

どうやら物乞《ものご》いのようだ。このあたりを縄張《なわばり》にしている年寄りらしく、よく礼勉寺に出入りしているようだ。

「たまに掃除もしたりしているから、きっとよくこのお寺さんのこと、知っているはずだよ」

「民爺は、どこにいる」

「今日は、こっちに来る番なんじゃないかなあ」

「そうだよ。昨日、亀戸村《かめいどむら》のほうで見かけたから、今日はこっちだよ」

十二個の澄んだ瞳が、文之介たちをじっと見た。

「ここで待っていれば、きっとあらわれるはずだよ」

いったいどのくらい待てばいいのだろう。

「せいぜい四半刻《しはんとき》くらいだよ」

一人の男の子が、文之介の気持ちを読んだように告げる。

「四半刻は無理に決まってるよ。半刻くらいだよ」

ちがう男の子が強い口調でいった。

「そんなに待つわけないだろう」

「待つさ」

半刻くらいならかまわなかったが、民爺がどういう人相をしているのか、文之介はききたかった。いくらこのあたりを縄張にしているとはいっても、物乞いがこの界隈で一人ということはあるまい。

「あっ、来たよ」

最も背の低い男の子が声をあげ、指さした。

小名木川《おなぎがわ》沿いの道を、ぼろを着た男がよろめくように歩いてくるのが、目にとまった。足が悪いのか、少し引きずっているようだ。まだ距離は一町近くあるが、白いひげをまとったかのように顔中がぼうぼうになっている。

「あれだよ、あれが民爺だよ」

六人の子供が民爺のほうに我先にと駆け寄ってゆく。文之介たちも続いた。

六人が民爺を囲んで、わいわいいいはじめた。着ているものがぼろなので、もっとすえたにおいがするのかと思ったが、そんなことはなく、顔も垢《あか》じみてはいない。よく水浴びをしているのか、意外にさっぱりとした感じだ。

「民爺、お役人がお待ちかねだよ」

民爺が、ひげに隠れて鈍く光る瞳を文之介に向けてきた。

「なんですかね」

意外に澄んだ声音《こわね》だ。酒にやられたような、もっとしわがれたものを想像していた。民爺というから年寄りだと思っていたが、意外に若いのかもしれない。四十はいっていないのではないか。

「礼勉寺のことに詳しいそうだな」

「ええ、まあ。あそこはあたしの縄張ですからね。前の住職がどうしているかも、知っていますよ」

「ほう、どうしているんだ」

民爺は、すべてのひげを揺らすようにして笑った。

「とっくにおっ死《ち》んで、墓のなかですよ。上野《うえの》のほうに葬られています」

そうか、と文之介はいった。場合によっては、前の住職を探しだして話をきかねばならないか、と考えていた。民爺が真実をいっているとするなら、一つ手間が省けた。

文之介は六人の子供を気にした。勇七も同じ気持ちでいるようだ。

「でしたら、あたしの気に入りに場所を移しますかね」

「連れていってくれ」

「すぐそこですよ」

民爺が男の子すべてに順繰りに目を当ててゆく。

「大事な話のようだから、決してついてくるんじゃないよ」

男の子たちは寂しそうにしたが、素直にしたがった。

「お話が終わったら、遊ぼうね」

「ああ、わかった」

歩きだした民爺に、文之介は肩を並べた。うしろに勇七が続く。

「おまえさん、子供に好かれているんだな」

民爺が、ひげ越しに文之介をちらりと見た。

「八丁堀の旦那も、同じなんじゃないんですかい」

「まあな。おなごには好かれんが、子供にはどうしてか好かれる」

「おなごにも好かれるでしょう。大好きな人がいるって、顔に書いてありますぜ」

なにっと文之介は思った。

民爺が穏やかに笑う。

「当てずっぽうでしたけど、図星でしたか。お役人らしくなくて、いいですねえ。その辺りがきっと、子供に好かれる所以《ゆえん》でしょう」

連れていかれたのは、礼勉寺の鐘楼だった。

昔は、鐘がつり下がっていたはずの場所である。二畳ほどの広さがあった。

「ここは三人が座っても、崩れるようなことはありませんから、ご心配なく」

確かに土台は石垣が組んであり、がっしりとしている。

よっこらしょ、といって民爺が腰をおろす。文之介もかまわずあぐらをかいた。勇七は正座した。

「膝《ひざ》を崩したほうがいいですよ」

民爺が勇七に勧める。

「あっしは大丈夫ですから」

民爺が、顎からのびたひげにさわって苦笑する。

「なかなか頑固そうな中間さんだ」

勇七から目をはずし、文之介に向けてきた。

「それでこの寺のなにをお知りになりたいんですか」

「人の出入りだ。特に夜間」

民爺の瞳が、きらりと光を帯びたように見えた。

「どうしてそういう問いをされるのか、きいてはいけないんですね」

「きいてはいけないということはないさ。ある事件に関係している」

「事件というと、人殺しですか」

文之介は、ここでしらばくれても仕方あるまい、と腹を決めた。物乞いというのは、世間の裏に通じている。当然、祭蔵の事件のことも知っているだろう。

「そうだ」

「じゃあ、野秋屋のご隠居の一件ですね」

「そうだ」

民爺が満足そうにうなずいてみせた。

「祭蔵さん、この寺でのぞきをするのが好きでしたからね」

「祭蔵を知っているのか」

「向こうは、あたしのことをろくに知りゃあしなかったでしょうが、あれだけ頻繁に来れば、あたしのほうはどこの誰か、覚えちまいますよ」

そういうものだろうな、と文之介は思った。

「夜間の人の出入りでしたね。けっこうありましたよ」

「ことに及びに来る男女以外で、よく覚えている者は」

「まあ、いますよ。あれはもう半月以上も前のことですかね、こんな破れ寺の本堂に、数名のお侍が入っていったことがありましたよ。あれは覚えてますねえ」

「どんな侍だ」

「それがよくわからないんですよ。いずれも深く頭巾をしていたものですから」

「数名というと何名だ」

「六、七人というところでしょう。一人は多分、僧侶ですよ」

「坊さんか。どうしてそうだと」

「ほかの者は羽織袴という格好でしたけど、一人だけ袈裟らしいものを着ていましたからね」

「暗いなか、よくわかったな。夜目《よめ》が利くのか」

「少しは利きますけど、実際に利いたのは鼻のほうですよ」

どういうことだ、と文之介は思ったが、すぐに察しがついた。

「あたしは本堂の床下で寝ていたんですけどね、静かに敷石を踏む足音がして、誰だいこんな刻限に、と思って顔をあげたんです。また情欲に駆られた連中が来たのかと思いましたよ。階段をあがってゆくときに、ふと抹香《まっこう》の香りを嗅《か》いだんです」

やはりそうだったか、と文之介は思った。

「抹香の香りがしたんで、目をこらしてよく見たら、袈裟らしいものを着ているのがわかったんです。最後に本堂に入っていった男ですよ」

僧侶を含む六、七人の男たちは、本堂の奥の部屋に入っていったという。

「そこでなにをしていた」

「なにやら、密談めいたことをしていましたねえ」

「どんな話をしていた」

「残念ながら、きこえませんでした」

「とぼけているんじゃねえだろうな。おまえさん、近くでき耳を立てていたんじゃないのか」

「とんでもない」

民爺が顔の前で激しく手を振る。

「あの連中、剣呑《けんのん》な気を強く漂わせていましたからね、近寄るなんて、そんなこと、できやしませんよ。命がいくつあっても足りやしない。あたしは嘘をついてなどいませんよ。これは本当のことですから。あたしは、君子は危うきに近寄らず、を座右の銘にしているんです」

なるほどな、と文之介は思った。民爺は命を守る勘が働いたのだ。しかし、祭蔵はそうではなかった。

民爺と祭蔵が男たちの密談をきいたときの勘の働き具合が、そのあとの生死をわけたといっていいようだ。

「その連中は、どのくらいのあいだ、この寺で密談をしていた」

「そうですねえ。半刻もいなかったんじゃなかったですかね。四半刻から半刻のあいだくらいでしょう」

「その連中を見たのは、それ一度きりか」

「ええ、さようです。その後、あたしはこの寺で寝るのはやめていましたから。またあんな連中に会いたくなかったですから。物乞いをしていても、やっぱり生きているほうがずっといいですからね」

そうか、と文之介はいった。ほかに問うべき事柄が思いつかなかった。

勇七を見た。勇七はそれとわかる程度に首を振った。

巾着《きんちゃく》を探って二朱銀《にしゅぎん》を取りだした文之介は民爺に顔を向けた。

「ありがとう。取っておいてくれ」

二朱銀を目の当たりにして、民爺が目をむいた。

「こんなによろしいんですか」

「ああ、世話になった」

民爺は、では遠慮なく、といって二朱銀を押しいただくようにした。

文之介と勇七は鐘楼を降りた。うしろを民爺がくっついてくる。

「またなにかありましたら、お声をかけてください。きっとお役に立てると思いますからね」

「ああ、必ずそうする」

文之介は約束して礼勉寺を出た。

「勇七」

山門を出てしばらくして、勇七を呼んだ。

「なんですかい」

「いったい六、七人の男たちは、なにを話していたんだろうな」

「ええ、知りたいですねえ。民爺が六、七人の男たちを見たときと祭蔵さんが密談をきいた日はちがいますけど、密談の中身は同じだったんですかね」

「どうせ悪事だろうが、連中が密に打ち合わせをしていたんなら、そういうことになるだろうな」

文之介は前を向いた。一陣の風が、近くの草を吹き飛ばすような勢いで通りすぎていった。草は、首を低くすることで風の勢いをかわした。

あの柔軟さはいいな。

文之介は、自分が熱くなっているのを感じている。

悪事を偶然耳にしてしまった者を無慈悲に殺す。どうあっても許せる所行ではない。

必ずとっつかまえてやるからな。

文之介は思ったが、氷でものせられているかのように頭が冷めていることも自覚している。

これならば、探索もうまくいくはずだ。

そう遠くない日に、祭蔵を殺した男たちを捕縛できるという確信を文之介は抱いた。

勇七もいる。大丈夫だ。きっとやれる。

第二章　仇討探索

一

江戸だ。

耕太《こうた》には確信がある。

やつらは江戸に向かった。

江戸言葉を話していた。まちがいない。

耕太はひたすら足を急がせている。ただし、病みあがりといっていい体だから、そんなにはやくは歩けない。ふらつくこともあり、実際には休み休みやってきたというのが、正しい。

今、川崎宿《かわさきじゅく》までやってきたところだ。江戸に近い宿場だけに、さすがににぎわっている。この人の多さはどうだろう。

だが、多摩川《たまがわ》を渡り、これから向かう江戸のほうがずっと多いはずだ。

江戸のことは、村にやってくる行商人や旅の僧侶などから話をきいた程度でしかないが、人の多さだけでなく、町の大きさも川崎とはくらべものにならないのだろう。

江戸には町数の多さを示す八百八町《はっぴゃくやちょう》という言葉があるが、本当は何千という町があるのだそうだ。

この川崎宿の人の多さでも酔ったようになってしまうというのに、江戸に着いたら、いったいどうなってしまうのか。ぶっ倒れてしまうのではないか。

やつらを探しだすことなど、果たしてできるのだろうか。

自信はない。江戸のことなど、なにも知らないのだ。文字通り、右も左もわからない。

金だってろくにない。

金などほとんど持っていないのに、ただやつらを追いかけることだけを考えて箱根の坂をくだり、東海道に出た。

無鉄砲すぎただろうか。

いや、そんなことはない。金がないくらいで、弱気になる必要などない。

きっとなんとかなる。そうさ、大丈夫に決まっている。

がんばればいい。ひたすらやつらを探しだすことに力を注げば、神さまや仏さまだって力を貸してくれるにちがいない。

俺は正しいことを行うのだ。神仏の加護があって当然ではないか。みんなの仇《かたき》を討つことができるのは、俺だけだ。その俺が弱気になっては、みんなに申しわけがないではないか。

きっと探しだせる。探しだしてみせる。そして、あの連中すべてを殺してやるのだ。首を刎《は》ねてやる。

できれば七つの首を村に持ち帰り、みんなに見せてやりたい。

首を見せられれば、きっとみんな成仏できるにちがいない。

村を出て、もう半月近くになる。刀でやられた傷がいくつもあり、癒えるまで、山中の炭焼小屋でじっとしていた。

あそこには、山で怪我《けが》をした際によく効く薬草が置いてある。さすがにあれだけの山奥まで、やつらは追っては来なかった。

やつらを殺したくてならないのに、小屋でじっと横たわっているのは耐えがたいものがあったが、傷だらけの体はひどい熱を持ち、歩くどころか、立ちあがることすらおぼつかなかった。

全快とはいかないから、今もふらつき通しだ。

傷はだいぶよくなったが、ろくに飯を食べていないのが、やはり大きいのだろう。

腹が減った。耐えがたい。もう何日も飯を食っていない。

いいにおいが、至るところからしてくる。醤油《しょうゆ》で焼いた貝や魚のにおい、味噌で煮た魚のにおい、団子の香りもしている。街道沿いの店には、饅頭《まんじゅう》を売っている店も多い。

においにつられて、体が勝手に寄っていきそうだ。

しかし、ここで金を使ってしまうわけにはいかない。江戸では相当の費《つい》えが必要になってくるはずだからだ。

わずかな金といえども、相当貴重なものになってくる。

だから、ここは我慢だ。水さえあれば、人というのは、かなり長いこと生きられるときいたことがある。

幸い、東海道筋にはいくらでも水はわいており、ここまでは心ゆくまで喉を潤すことができた。

ここから先もそうだといいが。

だが、江戸は水がよくないという。となると、あまり飲むことができないだろうか。

しかし、どうせ水だけでは生きてゆけないのだ。

江戸に着いたら、腹一杯、飯を食べよう。懐《ふところ》の金をすべて使ってしまってもいい。

江戸では、いくらでも稼げるときいた。どれだけの人が暮らしているか知らないが、とにかく数え切れない人たちがそこにはいる。

それだけの人たちが暮らしてゆけるのだから、きっと俺だって大丈夫だろう。稼ぎながら、やつらを探すのだ。

ときがかかるかもしれない。

だが、いくらかかってもかまわない。

どんなにときがかかろうとも、みんなの仇討《あだうち》をしなければならない。

村は小田原大久保家の領内にあるから、大久保家に頼ることも考え、実際に訴えてみた。

だが、年貢をしぼり取ることだけを考えている者たちに、みんなを殺し尽くした連中を探しだせるはずがない。

やつらが江戸に向かったことだって、きっといまだに知らないのではないか。村のあたりを探しまわっているに決まっている。当てにすることなどできない。

大久保家の侍に事情を話している時間も、正直なところ、もったいなかった。だから、一人で追いはじめたのだ。

もっとも、やつらといっても、顔を覚えているのは一人だけだ。

脳裏に鑿《のみ》でうがつように顔形を刻みこんであるから、どんなことがあろうとも消えるような心配などないが、やはりときがたつのは怖い。

もともと物覚えには、あまり自信がないのだ。

そうだ、ときをかけてなどいられない。一刻もはやくやつらを見つけださなければならない。

やるぞ。

決意を胸に、耕太は川崎の宿場内を歩き続けた。

やがて、宿場が切れ、横たわるように流れている大河が視野に入ってきた。多摩川だ。

川面には渡し船が見えている。

あれが六郷《ろくごう》の渡しだろう。

渡し賃はいくらなのか。懐に入っているだけで足りるのか。

足りなければ、舟には乗れない。多摩川を泳いで渡るしか道はない。

みんなの顔がよみがえってきた。笑ってうなずいてくれている。

これはきっと、みんなが見守ってくれているからにちがいない。

山の育ちで泳ぎは得意とはいえないが、これならきっと、渡り切れよう。神仏だって守ってくれる。

そのようなことを考えつつ、耕太はふらつく体をまっすぐにすることに力を尽くして、渡し場に近づいていった。

舟が間もなく出ることを知らせる船頭の声がきこえてきた。

もしあの舟に間に合わないのなら、仇討も成就しない。

そんな声が耳に届いたような気がして、耕太は足を必死に急がせた。

二

藤蔵はだいぶ元気になってきた。

ときおり思いだしたように気分が沈んでしまうこともまだあるようだが、笑顔でいるときのほうがはるかに多くなっている。病人のようだった顔も、ずいぶんと血色がよくなってきた。

箱根へと無理に連れてきた丈右衛門には、うれしい限りだ。

ここまで藤蔵が健《すこ》やかさを取り戻せば、箱根の湯に長居をしている意味は、ほとんどなくなってくる。すでに、逗留《とうりゅう》は十日近くに及んでいた。

丈右衛門たちは、旅籠の二室に逗留しているが、一つは丈右衛門とお知佳、お勢の部屋だ。

もう一つは、藤蔵と藤蔵に付き添っている店の奉公人の部屋である。奉公人の名は一《いち》之助《のすけ》、まだ十七と若いが、なかなか気の利く男で、丈右衛門はしばらく一緒にすごしているうちに、すっかり気に入ってしまった。

こういう男には、探索の才はまちがいなく備わっている。鍛えれば、勇七とともに文之介を支えてくれるだけの男になりそうだが、きっと藤蔵は手放さないだろう。藤蔵自身、跡取りの右腕にと期待をかけている男にちがいないのだ。

もちろん、丈右衛門が頼みこめば話は変わってくるかもしれないが、藤蔵に断腸の思いをさせることになりかねない。せっかくもとに戻ろうとしているときに、そんな思いをさせたくはなかった。

あきらめるしかあるまい。

丈右衛門はあっさりと腹を決めた。

もっとも、文之介には勇七がいれば十分なのかもしれない。文之介と勇七は、絶妙な組み合わせといっていい。あの二人に別の一人が今さら入りこめるはずもない。

じき夕暮れだ。あと少しで夕餉《ゆうげ》が運ばれてくる。

ここの食事はかなりうまい。最初はあまり期待していなかった様子のお知佳も、びっくりしたようだ。

量としてはたいしたことはないが、素材が吟味されているらしく、魚も蔬菜《そさい》もすべておいしい。

特に、あまごの塩焼きは絶品といっていいのではないか。

川魚というと、丈右衛門の場合、どうしても生臭みが気になってしまうのだが、ここのあまごは身に臭みなど一切なく、むしろ甘みすら感じられる。ちょうどいい塩加減と相まって、あたたかなご飯とよく合う。

お勢にもあまごの身をほぐして与えてみたが、喜んで食べた。その姿を見て、丈右衛門は幸せを感じたものだ。

藤蔵もあまごのうまさにはびっくりしていた。魚は海のものがおいしいと思っていましたけれど、これからは考えをあらためなければいけませんね、とまでいった。

考えてみれば、藤蔵が元気を取り戻しはじめたのは、あまごを食してからではないだろうか。

人の勝手ないい分にすぎないが、渓流で釣られ、死んでいったあまごも、これだけ役に立ったのなら、甲斐があったというものではないだろうか。

今、丈右衛門たちは、全員が一間に集まっている。丈右衛門たちの部屋だ。

夕餉だけでなく、すべての食事はこの部屋に集まってとっている。できるだけ大勢で食べたほうが、おいしい食事がさらにおいしくなる。

やがて、宿の者が食事を運びこみはじめた。膳《ぜん》が次々に並んでゆく。

丈右衛門たちは、いただきます、と食べだした。

今宵《こよい》がおそらく最後の夕餉になるのがわかった丈右衛門は、あまごをだしてくれるように事前に頼んでおいた。宿のあるじは張り切って、では大きいのを釣ってきますよ、と約束してくれた。

確かに、膳には尺はあるあまごがそれぞれ一尾ずつのっている。

「すごいな」

丈右衛門は嘆声を漏らした。

さっそく箸《はし》をのばした。

あまごは、やはり最高だった。脂のりというものはほとんど感じられないが、その分、白い身の旨《うま》みというものが際立ってくるように思える。部屋にいる全員が、にこにこしながら箸を動かしている。

来て本当によかったなあ。

丈右衛門はしみじみと思った。

「藤蔵」

食事が終わり、膳が女中たちに下げられたあと、丈右衛門は呼びかけた。

藤蔵が、なんでございましょう、と顔を向けてきた。やはり声に力がよみがえっており、骨が浮いていた体にも、少しずつ肉がついてきたようだ。

「どうだ、そろそろ江戸に帰るか」

藤蔵は少し残念そうな表情を見せた。

「まだいたいか」

「それはもう」

藤蔵は顎を大きく上下させた。

「そうか。藤蔵がまだいたいのなら、逗留を続けるか」

「いえ、とんでもないことにございます」

藤蔵があわてたように腕を振る。

「手前もそろそろ江戸が恋しくなってきておりました。店のほうも心配にございますし。丈右衛門さまがおっしゃらなければ、手前のほうから申しあげようと思っていたくらいにございます」

「そうだったのか」

丈右衛門は安心した。これだけのんびりとした日々をすごしていると、江戸でのせわしい暮らしに嫌気がさしたのではないかと思っていたが、藤蔵は店に戻りたがっている。店のことが気にかかるなど、心の病は本当によくなってきているのだ。

「ならば、明日、発《た》とうか」

「はい」

藤蔵が力強くうなずく。

丈右衛門はお知佳に目を向けた。お知佳も江戸に帰るときいて、表情を輝かせている。そばでいつものようにこんこんと眠っているお勢も、どことなく機嫌がよさそうな寝顔をしている。

藤蔵に付き添っている一之助も、うれしさを隠しきれない様子だ。

実際、丈右衛門も心が弾んでいた。

やはり江戸こそがわしの故郷だからな。

それに、文之介に会いたいという気持ちもある。

今、江戸ではなにか大きな事件が起きているのだろうか。

どうしてか起きているような気がしてならない。勘にすぎないが、当たっているような気がする。

この勘のために、わしは江戸に帰りたがっているのではないか。

もし起きているとして、文之介はどういうふうに応じているのだろうか。うまくやっているのだろうか。

きっと大丈夫だ。

丈右衛門には確信がある。

今の文之介は昔の文之介ではない。経験を積んで、立派に成長した。

むろん、まだまだだ。一人前とは決していえない。これから成長の余地が大いにある。

もしや、文之介の手に余る事件なのではないか。それとも、これから起きようとしているのだろうか。

だから、わしはこんなに江戸が恋しくなってきている。

ちがうのだろうか。

とにかく、と丈右衛門は思った。明日、江戸に向けて発つ。江戸に着いてしまえば、すべてわかる。

翌日、丈右衛門たちはゆっくりと箱根を発った。

湯治ではなく旅のためにこの旅籠に泊まっていた者たちは、ほとんどが七つにはこの宿を出てゆく。

それは、この十日ばかり、ずっと繰り返されてきた光景だ。

むろん、今朝も同じである。丈右衛門たちが宿の者に礼をいって東海道をくだりはじめたときには、すでに旅籠は空っぽも同然だったはずだ。すでに太陽は高く、刻限は四つ近かった。

湯治のためにこれからも宿に居続ける者を除き、自分たちが最後に宿を出たのではないだろうか。

その日は無理をせず、最初の宿場である小田原に泊まった。

宿場はずいぶんと物々しかった。大久保家の家中から出役した捕り手と思える者たちが、走りまわっていた。いずれも鉢巻《はちまき》をし、襷をかけ、袴の裾をたくしあげ、手槍の穂先をきらめかせていた。

「いったいなにがあったのかな」

部屋に腰を落ち着けて、旅籠の者に話をきいた。宿帳を持って、この旅籠で番頭をつとめる男が、ちょうど部屋にやってきたところである。

「実は半月ばかり前のことなんですが」

番頭らしく、いかにも実直そうな四十男が告げる。

「ここからおよそ一里ほど山に入った小さな村が、何者かに襲われたのです」

「襲われたというと」

丈右衛門は問い返した。

「それが」

番頭は、お知佳という女性がいることもあってか、いいにくそうにした。丈右衛門は黙って待った。

「実は皆殺しにされたのです」

お知佳が息をのむ。番頭は気の毒そうに見やってから、言葉を続けた。

「村長の屋敷は火を放たれ、炎上したそうです」

丈右衛門はお知佳を見つめ、大丈夫かと目できいた。平気です、とお知佳がうなずき返してきた。

丈右衛門は、藤蔵と一之助にも眼差しを送った。二人とも、気の毒なと思いを面にだしながらも、その先をききたいという表情をしていた。

丈右衛門は番頭に向き直った。

「皆殺しというと、何人くらい殺されたのかな」

「それが、三十人ほどだそうです」

「そんなに」

お知佳が声をあげた。腕のなかで眠っていたお勢が、ぴくりとする。お知佳があやしはじめた。

「三十人ほどといっても、正しい数字はわからないのだそうです。燃える村長の屋敷のなかに投げこまれたらしい死骸もあったそうですから」

まさに鬼畜の仕業だな、と丈右衛門は思った。藤蔵も怒りの色を、瞳に強くあらわしている。

番頭が続ける。

「小田原城主であられる大久保さまは、威信に懸けても下手人を探しだし、極刑にするおつもりだそうにございます」

それは、領する者として当たり前のことだろう。なにしろ、領地を蹂躙《じゅうりん》されたも同然なのだから。

番頭が、宿改《やどあらた》めはもうないと思いますが、そのときはよろしくお願いいたします、といって出ていった。

事件が起きた直後は、おそらく頻繁に宿改めは行われたにちがいない。

それにしても皆殺しか。

丈右衛門は、見たことのないその村に思いを馳《は》せた。生き残りは、本当に一人としていないのだろうか。


翌日、丈右衛門たちは小田原をあとにした。四つ近くにゆっくりと発った昨日とは異なり、六つ半には旅籠を出た。

丈右衛門は、襲われた村というのを見たかったが、お知佳やお勢をどこかに置いてゆくわけにもいかない。

自分一人で来ているのならともかく、病みあがりの藤蔵もいるのだ。勝手な真似《まね》はできない。

今、丈右衛門はお勢をおんぶしている。足弱のお知佳と本調子ではない藤蔵に合わせて、のんびりと足を運んでいた。

若い一之助は、せっかく江戸に帰るというのにこれだけゆっくり行くことに、少しつらい思いがあるのかもしれないが、少なくとも表情にはだしていない。

「北条早雲《ほうじょうそううん》という人物を知っているか」

慎重にお勢をおぶい直して、丈右衛門は藤蔵にたずねた。

「きいたことがございます。確か戦国の昔、小田原に本拠を置き、北条家という大名をつくりあげた人であると」

「そうだな。だが藤蔵、北条早雲という人は、生涯、早雲と名乗ったことはない。伊勢《いせ》新九郎《しんくろう》、あるいは伊勢宗瑞《そうずい》で通していた」

「ほう、さようでしたか。それはいったいどういうことにございますか」

藤蔵が興味深げにきく。うしろについている一之助は、楽しそうに話をきく姿勢を取っていた。

「早雲というのは、わしもよくは知らぬのだが、諡《おくりな》であろう」

「さようでございますか。では、跡継のお方がつけられたのでございますか」

「北条家二代目は氏綱《うじつな》公というが、その人が北条と名乗りはじめてもいる」

「えっ、そうなのですか」

「そうだ。伊勢新九郎という人は、伊勢家で通していた」

「どうして伊勢をやめ、北条と名乗ったのでございますか」

「箱根の関の東、つまり関東だが、鎌倉の昔、幕府の執権《しっけん》だった北条家を存じているのか」

「はい。手習所に通っているとき、手習師匠が話してくれました」

「ほう、そんな昔のことを藤蔵、よく覚えているな」

藤蔵が穏やかに首を振る。

「丈右衛門さま、そんなに昔のことではございませんよ」

「おう、そうであった。藤蔵はまだ若かったな」

「さようにございます。――して、鎌倉の北条家と小田原の北条家がどういう関係なのでございますか」

「小田原の北条家は、関東制覇を目指していた。そういうとき、鎌倉の北条家の血筋であると声高に喧伝《けんでん》するのは、関東の純朴な侍には、かなりの効き目が見こめたのではないだろうか」

「なるほど」

藤蔵が真摯に相づちを打った。

「歴史はおもしろうございますなあ」

「まったくだ」

「でも丈右衛門さま」

「なにかな」

「丈右衛門さまの本当の関心は、山間の村を襲った者のことではございませんか」

丈右衛門は鬢を指先でかいた。

「なんだ、ばれたか」

「それはもう。長いお付き合いでございますからね」

「まったくだな」

「村を襲ったのは、何者の仕業と思われますか」

丈右衛門は眉根を寄せた。

「正直なところ、今はまださっぱりわからぬのだ」

「さようでございますか」

「しかし藤蔵、一ついえることがある」

「ほう、なんでございましょう」

藤蔵が好奇の気持ちを表情にたたえて、きいてきた。

「おそらく、単なるうらみではなかろうということだ。村人全員を殺すなど、相当の活力、気力、胆力、精力など必要になってくる。一人でできる業ではないな」

「さようでございましょうね」

藤蔵や一之助だけでなく、お知佳も一言も逃すまいという心持ちでいるのが、その顔つきから知れた。

「もし下手人にうらみがあって村人を全員殺したとするなら、うらみは村自体にあったということだろう。村長の屋敷に火をかけていることから、村長にうらみがあったのかもしれぬが、火をかけたのは、おそらく村長の屋敷が村のなかで最も大事な建物だからという理由からではないか」

丈右衛門はいったん言葉を切った。

「下手人たちには、いったいどんなわけがあったのか。しかしどんなわけがあったにしろ、三十人からの人を虫けらのように殺すというのは、決して許せる所行ではない」

三

いつからか、江戸の町を一つの噂《うわさ》が流れている。

「旦那、ききましたかい」

朝、難航している祭蔵殺しの探索をはじめようとして、勇七がいった。

「ああ、きいた。妙な噂のことだな」

文之介は町奉行所の大門を出て、道を歩きだした。

「まったく妙な噂ですよねえ。どうしてあんな噂が流れているんですかねえ」

「わからねえな。大塩平八郎《おおしおへいはちろう》っていえば、三年前に大坂で乱を起こした町奉行所の与力だよなあ」

「ええ、その乱は半日で抑えこまれたって話ですよね」

「大坂の町は、兵火にかかって五分が一も焼けたって話じゃねえか」

「ええ、今も大塩焼けって呼ばれているって話をききましたよ」

「大塩焼けかい。それだけひどい火事だったということだな。勇七、そいつは誰からきいたんだ」

「弥生ですよ」

「へえ、そうか。さすがに弥生ちゃんだなあ。きれいなだけじゃなく、物知りだ」

いけねえ、と文之介は馬のようにぶるぶると首を振った。

「今は、そんなことをいっている場合じゃねえな。——勇七、乱が半日で鎮められたあと、肝心の大塩平八郎は、どうなったんだったっけな」

「確か、大坂の市中にひそんだっていう話ですよ。四十日ものあいだ隠れていたってことです」

「つかまったんだったかな」

「いえ、つかまらなかったんです。捕り手に隠れ家を囲まれて、用意してあった火薬に火をつけて、養子の格之助《かくのすけ》とともに死んだという話です」

「ああ、そうだったな。火薬を使ったんだった。こんなに大事なこと、覚えていなきゃいけねえのに、どうしてか俺は忘れちまうんだよなあ。いけねえなあ。まさか耄碌《もうろく》しはじめたんじゃねえよなあ」

「旦那」

勇七がにこにこ笑っている。

「そんなことをいわずともいいですよ。どうせあっしに花を持たせてくれたのは、わかっているんですから」

文之介は少しびっくりした。

「大塩平八郎のことで勇七に花を持たせる意味なんか、ねえだろう」

勇七があっけにとられる。

「じゃあ、旦那、本当に忘れちまってたんですかい」

「ああ、面目ねえ」

文之介は鬢をかいた。

「旦那、そいつはまずいですねえ」

勇七は本気で案じている。

「ああ、まずい。まずいさ。俺はまじめに心配している」

「医者に行きますかい」

「医者はきらいだ」

「そうですよねえ。ちっちゃい頃から行きたがらなかったですよねえ」

「それよりも勇七、大塩平八郎は火薬に火をつけたとのことだけど、そいつはばらばらになって死んだってことか」

「火薬が炸裂《さくれつ》したのは事実らしいですけど、家が燃えて、焼け死んだってことですよ」

「死骸は見つかったのか」

「ええ、焼けただれて。でも旦那もよく知っての通り、火事での死骸ですから、まちがいなく黒こげでしょうからね、その死骸が本当に大塩平八郎かどうかというのは、わからなかったそうですよ」

「なるほどなあ。となると、大塩平八郎が生きているってことも、十分に考えられるってことか」

「あり得るって考えたほうがいいんでしょうねえ。実際に大坂のほうでは、大塩平八郎は死んでいない、という噂が長いこと、町人たちのあいだでささやかれていたそうですからね」

「へえ、そうなのか」

歩きながら、文之介は腕組みした。

「となると、大塩平八郎が実は生きていて、江戸にやってきているという噂は、根も葉もねえってことはねえようだな」

勇七がむずかしい顔で顎を引く。

「焼け跡で見つかった死骸が本当に大塩平八郎のものかどうか、はっきりさせるすべがない以上、そう考えたほうがいいのかもしれませんねえ」

文之介は腕を解き、ぶらぶらさせた。

「しかし、どういうことかなあ」

「なにがです」

「大塩平八郎が江戸に隠れ住んでいるというのは、江戸で乱を起こすつもりでいるからなのかな」

「もし本当に生きていて、江戸にいるのならそういうことになるのかもしれませんねえ。旦那はどう考えているんです」

「考えているって、噂が本当のものかどうかってことか」

「さいです」

「俺は信じちゃいねえよ」

「どうしてです」

「大塩平八郎って男が乱を起こした理由ってのは、不正だらけの役人たちと金儲《かねもう》けだけを考えている商人たちに天誅《てんちゅう》を加えるためってことだったよな」

「ええ、そうきいています。あとは飢饉《ききん》に苦しむ民衆を救うため」

「そうだったな。つまり、大塩平八郎は正義のために起《た》ちあがったというわけだ」

「はい」

「大塩平八郎は最後、隠れ家にひそんでいるところを捕り手に囲まれ、火薬に火をつけて焼け死んだ。死骸は二つ、見つかったんだよな」

「ええ、大塩平八郎と養子の格之助のものだといわれています」

「俺が大塩平八郎は死んだって考えているのは、そこなんだ」

文之介が力説するようにいうと、勇七は黙って先をうながすような目をした。

「もし焼けこげて見つかった死骸が大塩平八郎のものでなかったとするなら、大塩平八郎は身代わりの死骸を用意していたことになる」

「さいですねえ」

「その死骸は誰のものだ。正義のために起った者が、自分が死んだように見せかけるために別の誰かを殺したのか。まさかそんなことをするわけがねえよな」

「病死した死骸を用意しておいたんじゃないですかね」

「捕り手の目を逃れて隠れているときに、都合よくそんな死骸が手に入るものかな。しかも二つだぞ。それに、大塩平八郎は四十日ものあいだ、一軒の家にひそんでいたんだろう。あらかじめ用意していたとしても、その間、ずっと二つの死骸と一緒だったたってことになるぞ。塩漬けにしたたっていっても、におって仕方ねえだろう。勇七、無理だよ」

勇七が納得の顔になった。

「旦那のいう通りですねえ。大塩平八郎は、やはり死んだっていうのが正しい気がしてきましたよ」

文之介は顎に手を当て、肉を軽くつまんだ。ひげは剃《そ》ってきたが、剃りが甘かったか、少しざらざらする。

「気にかかるのは、どうして今を選んでこんな噂が流れたかってことだな。誰が流したんだろう」

「故意に流したって、旦那は考えているんですかい」

「故意かどうかわからねえけど、なにか狙いがあるのかもしれねえとは、なんとなく思っている」

さいですか、と勇七がいった。

「旦那の勘はよく当たりますからね、なにかよくないことの前触れでなきゃ、いいんですがね」

「まったくだな」

文之介は答えた。しかし、すでにこの噂自体、いやなことのはじまりなのではないか、という思いが、染みついたようにいつまでも消えなかった。

民爺という物乞いが見たという僧侶一人に五、六人の侍が何者なのかを明かすために、足を運んだ。


文之介と勇七は礼勉寺付近を中心に調べた。

場所が深川だけに、大名家や大身《たいしん》の旗本《はたもと》の下屋敷がかなりある。

それらのなかに入ることはできないが、近所の者に話をきくことはできる。

また、侍たちが出入りしている料亭や料理屋もかなりあり、それらにも文之介たちは足を運んだ。

だが、手がかりらしいものを手に入れることはできなかった。

そうこうしているうちに、夕暮れがやってきた。

文之介は勇七に、今日のところは引きあげよう、といった。

「残念ながら、祭蔵殺しの手がかりは恥ずかしがっているのか、まだ俺たちの前に出ることをいやがっているようだ。手がかりはその気になったら、きっと出てくる。それまでは気長に待とう」

文之介は、なにかいいかけた勇七に笑いかけた。

「かといって、探索をなまけるとか怠るとか、そんな真似はしねえよ。そんなことをしたら、神さまが怒って、運をまわしてくれなくなっちまう。それはあまりに怖すぎるし、もともと俺は定廻り同心の仕事が大好きだ。だから探索は一所懸命にやる」

「それならいいんですよ」

安心したようにいって、勇七が白い歯を見せた。

「よし、勇七、帰るか。明日になれば、きっといいことがあるだろうぜ。神さまは俺たちの働きぶりを、きっと見ていてくださるはずにちげえねえからな」

夕闇が迫り、家路を急ぐ人たちのおびただしい影が交錯するなか、文之介たちは足早に南町《みなみまち》奉行所に向かった。

「文之介の兄ちゃん」

いきなり横合いから呼ばれた。

なんだと思って見ると、仙太たちが路地にいた。いつもの顔触れだったが、誰か足りないような気がした。

誰だろう、と思いつつ、声が口をついて出た。

「なんだ、おめえら、こんな遅い刻限になにしてやがんだ」

文之介は勇七とともに路地の入口に近づいていった。

「進吉《しんきち》のやつがうまくやるか、見ているんだよ」

仙太が通りの先を指さす。ああ、足りないのは進吉だったか、と文之介はようやく気づいた。

「うまくやるってなにを」

文之介は、暗くなってゆく道を、透かすように見た。確かに仙太のいう通り、十間ほど先に進吉らしい小さな影が立っていた。進吉の前には、女の子らしい影もいるようだ。

「うまくやるっていったら、文之介の兄ちゃん、一つだよ」

寛助《かんすけ》がしたり顔でいう。

そうか、と文之介は覚った。勇七もびっくりしたようで、目をみはっている。

「まさか進吉のやつ」

「そのまさかだよ」

次郎造《じろぞう》が文之介と勇七ににっこりと笑いかけてくる。男の子そのものの笑顔だが、今日に限ってはどこか大人びて見えた。

こいつらも、日々成長してやがんだなあ。俺も負けぬようにしなきゃな。

「うまくいきそうなのか」

「うまくいったらいいなあ、と思っているんだよ」

仙太がやや心配そうにいう。

「相手は誰だ」

「三月庵に一番近い手習所の子だよ。そこは女の子ばかり集めている手習所なんだよ」

「女の子ばかりか。なかにはかわいい子もいるんだろうなあ。そこのお師匠さんは幸せ者だよな」

「お師匠さんは女の人だよ」

「なんだ、そうか。考えてみりゃ、おまえたちみたいな悪餓鬼《わるがき》どもを女が相手にするのは、きつくて世話だからな。その点、おとなしい女の子を相手にしていれば、少しは楽ができようってもんだぜ」

「文之介の兄ちゃん、いよいよだよ」

仙太にいわれて、文之介は中腰になって進吉のほうをじっと見た。

しかし、進吉はもじもじしているようで、話している様子は見えない。

「あいつ、なにをしてるんだ。じれってえやつだぜ」

進吉、がんばれ。

腹のなかで叫んだ。

その声が届いたように、それまでうつむいていた進吉が怒ったように顔をあげ、口早になにかいった。

女の子は黙って、進吉を見つめているようだった。

どっちなんだ。

文之介は手の汗を握り締めた。

やがて女の子がごめんなさい、というように頭を下げ、文之介たちがいる路地とは反対の方向に駆けだしていった。

ああ。

文之介は心で嘆声を漏らした。背後の勇七は、本物のため息をついた。

仙太たちもがっくりしている。

進吉は放心したようにしばらくその場にたたずんでいたが、やがて力のない足取りでとぼとぼとこちらに歩いてきた。

すっかり深まった夕闇のなか、文之介と勇七がいるのを知り、進吉がびっくりする。

「見ていたの」

「ああ」

文之介は踏みだし、小さな肩にそっと手を置いた。残念だったな、と声をかけるのはたやすいが、そのままなにもいわず、じっとしていた。

進吉は涙があふれそうになっている。

文之介は、横で気の毒そうにしている仙太を呼んだ。

「なに」

文之介は懐から巾着を取りだし、一朱銀を渡そうとした。思い直して、巾着ごと預けた。

「そのあたりに確か、団子と饅頭を売ってる店があったろ。あまり入っちゃいねえが、多分、店にある分、全部買ってこられるだろう。買ってこい」

「全部買うの」

「そうだ。ありったけ、さらってこい」

「わかったよ」

仙太は次郎造、寛助と一緒に駆けだしていった。

文之介たちは黙って、深まる夕闇のなかに身を置いていた。足早に通りすぎる人たちはいっこうに減らず、むしろ増えてきているようだ。

まるで闇に追われているみてえにみんな帰ってゆくんだな。

やがて人々の影に、三つの小さな影が混じった。

「買ってきたよ」

駆けてきた仙太が、得意げに紙包みを両手で掲げてみせる。

「おう、ご苦労」

文之介は受け取り、さっそくあけた。あまい醬油のにおいが立ちのぼる。

「ほら、食べろ」

みたらし団子の串をつかみ、進吉に握らせる。

「夕餉をつくって待ってくれてるかあちゃんには悪いが、進吉、がぶりとやれ。そこのは場所が悪いから売れ行きは今一つだが、味はいいぞ」

進吉は食い気がなさそうだった。

「俺は食うぞ」

そういって文之介はみたらし団子に食いついた。勇七は饅頭に手を伸ばした。仙太たちもかぶりつきはじめた。

それを見て、進吉はみたらし団子に目を落とし、しぶしぶといった顔で食べはじめた。咀嚼《そしやく》しだしてすぐに顔色が変わり、飢えているように一気に食べ終えた。それから進吉は、五本の団子と三つの饅頭をあっという間に胃の腑《ふ》におさめた。

「どうだ、うめえだろう」

文之介は笑顔でいった。

「うん、すごくおいしい」

進吉が笑みで答える。

「少しは元気が出てきたか」

「うん」

「まあ、すぐに立ち直れっていうのは無理だろうけど、進吉ならすぐに、おまえのことを好きだっていってくれるかわいい女の子があらわれるよ」

「本当」

「本当さ。俺は、嘘はつかねえからな」

「ねえ、文之介の兄ちゃんは、袖《そで》にされたことはあるの」

「あるさ」

文之介は胸を叩いていった。

「もう何度もな」

「袖にされたことなんか、いばっていうようなことじゃないと思うんだけど。——落ちこまなかったの」

落ちこんださ。でも、今の進吉みたいに腹一杯食べたら、すぐに気持ちを立て直すことができたな」

「ふーん」

「食べるってことは、それだけ大事なことなんだ。体をつくるもとだからな。特におまえたちみたいなちっちゃいのは、決しておろそかにしちゃいけねえ」

「わかったよ」

「わかったら、もう帰れ。母ちゃんたちが心配しているぞ」

「うん、そうするよ」

「それから、いくら腹一杯だからって、かあちゃんのつくった夕飯、無理してでも食べるんだぞ。わかったな」

「わかったよ」

「じゃあね、文之介の兄ちゃん」

「また遊ぼうね」

「おう、今度の非番のときにな」

仙太たちが駆けだし、小さな影の群れは、あっという間におりはじめた夜のとばりの向こうに消えていった。

「進吉ちゃん、残念でしたね」

勇七が、見えなくなった仙太たちを見送るように顔を向けている。

「まあ、長い人生、いろいろあらあな。袖にされたばかりですぐに立ち直れるはずねえのに、進吉はちょっと強がっていたな。俺たちに心配かけたくなかったのかな。でも進吉は俺とちがってしっかりしているからな、きっと大丈夫さ」

「そうでしょうね」

勇七が懐から小田原提灯《ぢょうちん》を取りだし、火を入れた。

「旦那、戻りましょうか」

「ああ」

文之介は勇七の先導で歩きだした。

気分は爽快だった。あんなちっちゃいやつらでも日々、がんばっているんだ。俺も見習わねえとな。

明日はきっとうまくいく。

そんなふうに思えるのも、進吉や仙太のおかげだった。

ありがとよ。

文之介は、感謝の気持ちで一杯だった。

四

信じられない気持ちで一杯である。

今、知らせをくれた勇七と一緒に走っていても、到底信ずることはできない。

どうしてだ、という思いが、次から次へとわいてくる。

詮《せん》ないと思いつつ、文之介は何度目かの問いを勇七の背中に向けて発した。

「本当なのか」

「ええ、まちがいないようですよ」

勇七の答えが変わることはない。勇七自身、ほかに答えようがないのだろう。

文之介たちが向かったのは、八丁堀から少し離れた木挽町《こびきちょう》五丁目だ。

すでにほかの先輩たちは、着いているはずだった。

今朝はやく、文之介は珍しく、剣の稽古をしようと思い立ち、仙太たちとよく遊ぶ行徳河岸《ぎょうとくがし》近くの原っぱに行った。

そこで、遅刻ぎりぎりまで刀を振るっていた。多分、半刻ほどだった。

汗びっしょりになって急ぎ足で帰ってくると、門のところで文之介の帰りを待ちかねていた勇七がいたのだ。

事情をきくと、先輩同心が死骸で見つかったという話だった。

あわてて着替えをし、文之介は勇七とともに八丁堀の屋敷をあとにしたのである。

木挽町五丁目にようやく着いた。やはり文之介が最も遅かったようだ。恥ずかしさで顔を下に向けたくなるが、我慢して中間や小者たちが集まっているところに向かった。

誰も入ってこないように見張っているのか、一人の同心の姿があった。

「申しわけない、遅れました」

文之介は、先輩同心である鹿戸《しかど》吾市《ごいち》にいった。

吾市がはたかれたように振り向いた。

「本当におせえな。文之介、こんな大事なときにいってえなにをしていたんだ」

こういうときはなにもいわず、ひたすら謝ったほうがいい。

「申しわけなく存じます」

「まったくこんなときに、一番に遅れてきやがって、相変わらず愚図な野郎だ」

唾《つば》を吐きかけたそうな顔で、吾市がいう。

勇七がにらみつけている。

「なんだ、その目は」

吾市が、やくざ者のように肩を揺らしてすごむ。

よせ、と文之介は目顔で勇七をとめた。

「それで鹿戸さん、本山七之進《もとやましちのしん》さんが殺されたというのは、まことですか」

吾市が苦いものを無理に飲まされたような顔になった。

「まことよ」

苦々しいものを吐きだすような表情でいった。

「来い」

顎をしゃくって、文之介についてくるように命ずる。吾市の中間の砂吉《すなきち》が、吾市の前に立って露払《つゆはら》いのように先に歩きだした。

文之介と勇七は黙って、吾市のあとにくっついた。

さほど歩かなかった。一本の路地に入ってすぐのところで、吾市が足をとめたのだ。

「そこだ」

そこには先輩同心がすべて集まっていた。与力の桑木又兵衛の姿もあった。

全員がこちらに背中を向けているが、いずれも沈痛な表情をしているのは、見なくともわかった。

又兵衛が眼差しを感じたか、振り向いた。

「文之介、来たか」

響きのいい声の持ち主だが、今日はひどくかれていた。

「とんでもないことになった」

「はい」

「見ろ」

又兵衛にうながされて、文之介は筵の盛りあがりの前にひざまずいた。

又兵衛が筵を静かにめくる。

袈裟斬りにされていた。

本山は、仰向けに倒れていた。目をむき、表情は苦悶《くもん》にゆがんでいた。袈裟に斬って落としたすさまじい傷口は遣い手によるものであるのが一目瞭然《いちもくりょうぜん》だったが、かなりの痛みを本山に与えたのではないか。本山は即座にあの世に旅立てず、苦しみながら逝《い》ったにちがいない。

かわいそうでならない。どうしてこんなことになったのか。

本人の遺骸を目の当たりにしているにもかかわらず、文之介はまだ夢のなかにいるような気分で、本山の死を受け入れられる気持ちにはなれなかった。

木挽町界隈は、本山七之進の縄張である。

「昨日、本山さんは非番だったのではありませんか」

「そうだ」

「でも、黒羽織を着ていますね」

「ああ」

「なにか調べていたのでしょうか」

「調べていたのは確かだ。だが、その後、木挽町にやってきて、なじみの店で飲んだようだ。むろん金は払っているぞ。その店を出たあと、この路地で立ち小便しているとき襲われたようだな」

「そういうことですか」

文之介はうなずいたが、すぐに又兵衛に問うた。

「本山さんは非番の日、なにを調べていたんでしょう」

「どうやら代々頼みとして担当している旗本家から求められて、動いていたらしい」

「はっきりとわかっていないのですね」

「文之介は、本山がその依頼絡みで殺されたと考えているのか」

「いえ、まだそこまでは」

文之介は言葉を濁《にご》した。正直、まだなにもわからないのだ。

又兵衛と親しげに話をしている文之介を、吾市がおもしろくなさそうに横目でにらんでいる。

「吾市、おまえ、なにをしとる」

又兵衛が叱声《しっせい》を飛ばした。

「関係ない者が入ってこぬよう、見張っておけといったではないか」

「はっ」

「はい、申しわけなく存じます」

吾市が中間の砂吉とともに、あっという間に姿を消した。

なんとなく吾市がかわいそうに、文之介は感じた。

「吾市のやつも、人をひがむような心がなくなれば、同心としてもっと成長するんだろうが。もともと筋はいいんだ。わしはわしなりにあいつを買っているんだよ」

又兵衛が文之介以外、ほかの誰にもきこえないようにつぶやいた。

そうだったのか、と文之介は思った。ならば鹿戸さんは、桑木さまの思いに応《こた》えなければならないよなあ。

なにかきっかけがあれば、鹿戸吾市という男は生まれ変わるような気がする。そのきっかけがなにか、文之介には残念ながらわからない。

「文之介、ちょっと来い」

又兵衛にいわれ、文之介は路地の奥へと進んだ。勇七はついてこない。命じられなければ動かないというものが、体にしっかりと染みついている。

又兵衛が顔を寄せてきた。匂《にお》い袋でも懐に忍ばせているのか、いいにおいがかすかに漂った。

金持ちのにおいだな、と文之介は場ちがいなことを思った。実際、又兵衛は三千両もの金を三増屋に無償で貸しつけている。そんなことは、よほどの金がない限り、無理なことだろう。

又兵衛には千石船《せんごくぶね》を購入し、荷を積んで日本中をめぐるという夢があり、そのために金を貯めていたが、三増屋に貸しつけたことで、いったんその夢は立ち消えも同然となってしまった。

しかし、三増屋さえ立ち直れば、当然のことながら利子をつけて返済するだろうから、又兵衛の夢の復活も、そう遠い先のことではないだろう。むしろ、三増屋に金を貸したことで、早まることも十分に考えられた。

「文之介、こたびの一件、そなたが調べてみろ」

「えっ、それがしが」

「そうだ。おまえなら、事件を解決に導くのではないか、という確信がわしにはある」

「買いかぶりでは」

「かもしれぬ」

又兵衛があっさり認める。

「だが、おまえしかおらぬというのは、どうもまちがいないような気がしてならぬ。ほかの者が当てにならぬということではないぞ。だが、今回のこの本山の死に限っては、おぬしが最もいいのではないかという気がしてならぬ」

又兵衛が見つめてきた。瞬《まばた》きのない凝視で、さすがに迫力がある。

「文之介、やれ」

「祭蔵の事件はよろしいのですか」

「そっちもやれ」

「えっ」

さすがに文之介は驚いた。それは、いくらなんでも無理ではないか。

そんなことを思ったとき、又兵衛の考えを覚ることができたように感じた。

「桑木さまは、祭蔵の事件とこたびの本山さんの事件につながりがあるのではないか、と考えていらっしゃるのですか」

「正直わからぬ」

又兵衛が口をかたく引き結び、きゅっと眉根を寄せる。

「文之介、おまえはどう思う」

今度は、文之介が表情を険しくする番だった。

「わかりませぬ」

「勘は働かぬか」

「もしや、とは思います」

「そうか」

又兵衛が肩を叩いてきた。やや痛みをともなう強さがあった。

「とにかく文之介、調べてみろ。わしができるだけ守り立ててやるゆえ」

又兵衛が後ろ盾となると明言している以上、偽りはない。この人は決していい加減なことを口にしない。だからこそ、丈右衛門の信頼も厚いのだ。

「むろん、文之介が調べるといって、先輩同心たちが黙っているはずがない。だから、あいつらにも存分に調べさせる。御奉行も、町奉行所の総力を挙げて下手人を捕らえよ、とおっしゃるに決まっている。あいつらが調べるのも自然だし、文之介が探索に加わるのも自然なんだ。文之介、存分に腕を振るってくれてよいぞ」

そういうことか。

文之介は納得した。

「わかりました」

「そうか、やってくれるか」

又兵衛が顔を輝かせる。

「よし、まかせたぞ。今から探索に入ってくれ」

「承知いたしました」

力強くいって文之介は一礼した。又兵衛の前を辞し、勇七のもとに駆け寄った。

「待たせた」

「いえ」

又兵衛からなにをいわれたか、面にこそだしていないが、勇七が気にしているのが文之介にはわかった。

誰もいないところに連れてゆき、そこで又兵衛の言葉を語った。

「そうだったんですかい」

勇七が喜色をあらわにした。

「やはり桑木さまは、旦那を買っていますねえ」

「御牧丈右衛門のせがれだからってことはねえか」

「以前ならともかく、今はないでしょう。旦那はとても成長しましたから。桑木さまは心より信頼して、こたびの仕事をまかせられたと思いますよ」

「そうかな」

文之介は、又兵衛の考えも伝えた。

「さいですかい。桑木さまは、二つの事件に、つながりがあるとお考えなんですかい」

「勇七はどう思う」

「あっしはわかりませんが、祭蔵さんがあの破れ寺の礼勉寺で、本山さま殺しについてきいちまったというのは、考えられないことではないでしょう」

「そうだな」

「旦那は、この考えに乗り気ではないようですね」

「二つの事件につながりがあるというのは、いいんだ。でも祭蔵がきいたのが、本山さん殺しだったのか、というと、なにかちがうような気がする」

「どうしてですかい」

「定廻り同心を殺すという話なら、町奉行所に届けぬものかな、と思ってな」

「確かにそうですね。そのほうが、自分の葬儀を行うよりずっといい気がしますね」

うーむ、と文之介はうなった。

「今さらながら気づくのはあまりに抜けすぎていると思うが、勇七のいう通り、もし祭蔵が礼勉寺で悪事の密談をきいてしまったとして、どうして俺たちのところに届けをださなかったんだ」

「そうですねえ」

勇七が首をひねる。

「祭蔵さん自身、町奉行所がきらいだったとか」

「まさか祭蔵が、裏で悪事をしていたなんてことは、ねえだろうな。ちょっと調べてみるか。勇七、行くぞ」

文之介は勇七と一緒に駆けだした。

祭蔵について、いろいろ調べまわった。将棋の好敵手にも当たったし、盆栽仲間にも話をきいた。

だが、祭蔵が裏で悪事をはたらいているような感触を得ることはなかった。

さまざまな者に祭蔵についてきかされたが、いたずら好きの善人だった、それしかないようだ。

趣味の将棋や盆栽に忙しく、さらに二人の妾の相手をし、町内のつき合いも繁くあり、隠居したとはいえ、野秋屋の店のこともせがれや番頭から頻繁に相談があったそうだ。

とてもではないが、悪事に手を染めている暇などありそうになかった。

「となると、祭蔵は自身の悪事絡みで殺されたわけではないな」

文之介は確信した。

「あっしもそう思います」

勇七が同意する。

祭蔵の調べだけにときを費やして、一日が終わった。

昨日と同じように、巨大な日が西の空に没してゆく。江戸の町は、橙《だいだい》色に鮮やかに染めあげられた。

「でも旦那、そうしたら祭蔵さんは、密談をきいてしまって、どうして届けをださなかったんですかね」

「そいつだよな」

好きな人に思い切って想いを告げた若者のように、赤く染まっている勇七の頬を見つめて、文之介は首をひねった。

「朝、勇七がいったが、祭蔵は御番所《ごばんしょ》がきらいだった」

「届けるのが面倒くさかった。いや、でもこれはちがいますね。自分の葬儀をだすほうがよほど面倒くさいですものね」

「となると、なんだろう」

文之介は考えこんだ。だが、なかなかうまい答えは出てこない。

こういうとき、父上はどうしたんだろう。すぐに答えが泡のように浮かびあがってきたのだろうか。

いくら父上といえども、そんなことはあるまい。やはり必死に考え、答えをひねりだしたにちがいあるまい。

「もしかして」

ひらめくものがあった。

「なんですかい」

勇七が期待に満ちた瞳を、文之介に据えてきた。

「あまり当てにされちゃあ、困るんだが、祭蔵のきいた話があまりに大きすぎて、御番所に信じてもらえないことを危惧《きぐ》したか」

「どういうこってす」

「僧侶を含めた七人ばかりの者たちが、礼勉寺に集まり、密談をした。そのときにきいたことがあまりに破天荒で――」

文之介は力なく首を振った。

「こいつも駄目だな。破天荒なら、自分の葬儀を行う気になるはずがねえや」

文之介は再び考えこんだ。

葬儀のことになにか意味はないのか。自分が死んだことにする以外、ほかに理由はなかったのか。

おかしい、となんとなく文之介は思った。それがなんなのか、はっきりとつかめないうちに、手のうちからするりと抜けていった感があった。

なんだよ、ちくしょう。

文之介は心のなかで悪態をついた。

あっ。

すぐに先ほどの感じが舞い戻ってきた。今度は取り損ねるはずなどなかったが、またもや消え失せた。

なんなんだ、いったい。

文之介は地団駄《じだんだ》を踏みたかった。

「旦那、どうしたんですかい」

勇七が心配そうにきいてきた。

「さっきからぶつぶついってますよ」

文之介は唇をゆがめた。

「祭蔵の葬儀に関して、妙なところがあるのを感じているんだが、それがなんなのかわかりそうで、わからねえんだ」

「旦那、いらついても仕方ありませんよ。こういうときは、深く呼吸をするんですよ。はい、胸を張って」

文之介は素直にしたがった。

夕暮れ前の大気が口に入り、胸がゆっくりとふくらんでゆく。一気に吐きだすと、体のなかの悪いものが外に出ていったような気分になった。

「いい気分ですねえ」

「ああ、本当だな」

「どうですかい、旦那。わかりそうですか」

「わかりそうな気がする」

文之介はもう一度、大きく呼吸をしてから、考えはじめた。

「わかったぞ」

顔のそばで大声をあげたから、勇七が、うわっといって右の耳を押さえた。

「旦那、なにをするんですかい」

「勇七、すまねえ。わかったんだ」

勇七がおそるおそるといった風情で、右耳から手をはずした。

「はやく話してください」

「今、話すよ」

文之介は唇を湿した。

「自分は死んだと見せかけるために自らの葬儀をしたのにもかかわらず、祭蔵はその葬儀が見えるところにいた。勇七、これがおかしいんだよ」

勇七が、両手を打ち合わせた。

「なるほど。葬儀が見えるところにいたから、あっしたちは最初、祭蔵さんが誰が参列してくれるのか、見たくて自分の葬儀をやったと考えたんですものね」

「そうだ。だが、それがあだになって祭蔵は殺されちまった。本当に死んだことにするのなら、どこか別のところに隠れていれば殺されずにすんだはずだ」

「そうですよねえ」

勇七が同意し、顔を向けてきた。

「それで旦那は、どういうことだって考えているんですかい」

「そいつなんだが」

文之介は顎に手を当て、少し思案した。

「やはり祭蔵は葬儀を見たかったんじゃねえかと思うんだ」

「はあ」

「見たいというのは、参列者だと思う。祭蔵は葬儀に参列する者を確かめたかったんじゃないのかな」

「確かめる、ですかい」

「密談している男たちのなかに、知っている男を見つけたのかもしれねえ。だが、暗くて顔はあまりよくわからなかった。あるいは声でそうとわかったのかもしれねえ。とにかく、祭蔵はその男のことを葬儀であらためて見たかったのかもしれねえな」

「知り合いが密談しているなかに、いたってことですかい」

「考えられる」

「それを確かめたかったから、祭蔵さんは御番所に届けなかった」

文之介は大きくうなずいた。

「確かめることができたら、そのとき祭蔵はあらためて届けをだす気でいたのかもしれねえな」

五

木挽町五丁目で斬殺《ざんさつ》された同心本山七之進の葬儀は、死骸が見つかったその日の夜からしめやかに執り行われた。

八丁堀近くの太蔭寺《たいいんじ》という寺だった。

文之介は、勇七とともに葬儀に参列した。丈右衛門が旅の空でなかったら、きっと一緒に来ていただろう。

本山の死をきいて、丈右衛門はひどく悲しむにちがいない。伝えるのは自分の役目とはいえ、文之介にはつらいものがあった。

奉行から小者に至るまで、町奉行所のほとんどの者が葬儀に参列し、棺の前で本山の仇を討つことを強く誓った。

三人の子供は激しく泣き、妻は必死に悲しみに耐えていた。

本山七之進の葬儀は、半日ほどで終わった。終わったときには、夜が明けて一刻ばかりたっていた。

文之介は、本山七之進とは言葉をかわしたことはあまりなく、親しいといえるほどの間柄でなかったのは事実だ。

しかし本山があたたかな人柄だったのは、ときおり口にする楽しい冗談や、若い文之介にかけてくれる激励の言葉などから明らかだった。

本山の死骸を目の当たりにしたときよりも、今のほうが悲しみが大きいのは、どうしてなのだろう。

本山の人なつこい笑顔を見ることは、もうない。そのことが、文之介にひじょうに大事なものを失ったという思いを持たせた。

同じ職場で働いていた人が死ぬ。それがこんなにも悲しいことであるのを、文之介は初めて知った。

これから、ほかにも死ぬ人が出てしまうのだろうか。

考えたくない。そう、考えるべきではない。そんなことをすると、うつつになってしまうかもしれない。

文之介は思案するのをやめた。

あるいは、それは自分かもしれない。

そんなことをふと思ってしまった。

これまでの捕物を思いだしてみると、命を危険にさらしてきたものがいくつもある。

恐ろしいほどの遣い手と、長脇差《ながわきざし》を得物に戦ったこともあった。

よくぞ無事にくぐり抜けてこられたと思えるほどだ。

なんとしても生き抜いてやるという執念がまさったというのもあっただろうが、単に運がよかっただけなのかもしれない。彼我の生死をわけたのは、紙一重の差でしかなかったはずだ。

これからも同じように、運が続いてくれるものか。

続くと考えてはいけないだろう。

いずれにしても、気持ちを引き締めて探索に当たらなくてはならない。

定町廻り同心という役目についている以上、仕事を離れてもそうは気をゆるめるわけにはいかないのだろう。

本山は、非番の日に殺《や》られてしまったのだから。

葬儀には似つかわしくないまぶしいくらいの陽射しが降り注いでおり、天気に恵まれた江戸の町はやけに明るかった。

昨日は仕事が終わったあと屋敷に帰って少し眠り、それから本山の葬儀に出かけたのだが、文之介には少し眠気がある。

どうしてだ。

こんなに悲しいのに眠いなど、俺はなんて薄情な男だろう。

文之介は首を振った。少しはしゃきっとした。

「旦那」

うしろから勇七が呼びかけてきた。

文之介は振り向いた。

「眠気は取れましたかい」

「ああ、取れた」

「そいつはよかった」

勇七がほっとしたような笑みを見せる。

勇七は、と文之介は気づいた。本当は悲しみが少しは癒えましたかい、とききたかったのだろう。

「勇七、もう大丈夫だ。心配するな。仕事の最中、ぼうっとしたりしねえよ」

「さいですかい」

勇七が文之介の着物に目を当てる。

「旦那、着替えてこなきゃ、いけませんね」

ああ、といって、文之介も自らの喪服を見た。

陽射しを浴びて、白さが際立っている。この格好では確かに仕事には行けない。一度、屋敷に戻り、黒羽織に着替えねばならなかった。

「勇七、その喪服は自前か」

「もちろんですよ」

勇七が胸を張ったが、すぐに舌をぺろりとだした。そんな仕草は幼い頃の勇七を思い起こさせた。顔つきはまったく変わっておらず、文之介はうれしくて笑ってしまった。

「実は、弥生の父親のものなんですよ」

「でもぴったりだな」

「ええ、弥生もまるであつらえたみたいと喜んでいましたよ」

「そうかい、仲むつまじくて、けっこうなことだぜ。勇七も、三月庵に戻らなきゃならねえな」

「ええ」

文之介と勇七は、八丁堀の組屋敷の入口で待ち合わせることにした。

勇七とわかれ、文之介は駆けるようにして屋敷に戻った。

ふだんは、隠居の丈右衛門にお知佳、お勢もいる。お勢が泣けば、お知佳、丈右衛門があやして、屋敷内はにぎやかだ。

だが、このところずっとがらんとしている。もう十日になるのではないか。いつになったら丈右衛門たちは帰ってくるのだろう。

藤蔵のために箱根に行ったのだから、藤蔵が昔のような元気を取り戻さない限り帰ってこないのかもしれないが、文之介は屋敷に帰るたびに、一人取り残されたような寂しさに襲われるのだった。

しっかりしろ。こんなことで愚痴をいって、定廻り同心がつとまるのか。

文之介は自身にいいきかせて自室に急いで入り、着替えをすませた。のんびりなどしていられない。勇七は気が早いというのか、文之介が行く前に、すでに待っている場合がほとんどなのだ。

黒羽織を着、十手《じって》を懐の奥にしまいこむ。こうしておけば、奪おうと考える者などいないだろう。最後に、刃引きの長脇差を腰に帯びた。

よし、行くぞ。

文之介は転がるような勢いで屋敷を出た。道を駆けてゆく。

あっ。

たまらず声が出た。組屋敷の木戸のところに立っている人影があった。幼い頃からつき合ってきている男だ、見まちがえるはずもない。

文之介は駆け寄った。足をとめ、大きく息を吐く。

「くっそう、やっぱり勇七のほうがはやかったかあ」

勇七がにやりと渋く笑う。

「あっしに勝とうなんざ、十年、いや、百年はやいですよ」

「永久に勇七に勝てねえってことになるじゃねえか」

「そりゃそうですよ」

勇七が涼しい顔でいう。目をこらし、文之介を見る。

「旦那、元気を取り戻したみたいですね」

「ああ、いつまでも落ちこんではいられねえからな。本山さんの仇を討つには、目一杯働かなきゃいけねえ。俺はいつものように元気よく動くぜ」

「旦那、その意気ですよ」

勇七が鬨《とき》の声をあげるように右手を突きあげる。

「よし、勇七、行くぞ」

文之介も勇七にならった。

二人は歩きだした。

「それで旦那、どこに行くんですかい」

「旗本家だ」

うしろで勇七が目を光らせたのがわかった。

「本山さまが代々頼みをされていた旗本家ですね」

「そういうこった。桑木さまによると、なにか頼み事を受けていたのではないかという話だ。それ絡みで本山さんは殺害されたかもしれねえからな」

文之介は旗本家のある神田《かんだ》に向かった。勇七が黙ってついてくる。

本山七之進はうらみで殺されたのか、それとも、頼み事絡みのような別の理由があったのか。

神田への道筋で、文之介はそんなことを考えた。

だが、結論は出なかった。

無理もねえよ。なんの材料もねえんだから。なにもなしに、料理をつくれといわれたみてえなもんだ。

とにかく、と文之介は思った。頼み事の中身をきいてからだな。


「ここかい」

文之介は勇七とともに、目の前の屋敷を見つめた。武家町のなかにあるだけに、あたりはひじょうに静かだ。真上を飛んでゆく烏《からす》の羽ばたきすら、きこえてきそうだ。

本山七之進が代々頼みとして担当していた旗本家は、浜北《はまきた》家といった。禄《ろく》は三千五百石というから、相当の大身といっていい。

ただし、寄合《よりあい》で、無役だけに暮らしは厳しいかもしれない。

勇七が、閉じられている長屋門の小窓に向かって訪《おとな》いを入れた。

すぐに返事があり、小窓が薄くあいた。門番らしい者の顔が小さく見える。

勇七が、文之介の名と身分をまず伝え、当主の浜北昌之丞《まさのじょう》に面会したい旨を告げた。

「しばらくお待ちください」

小窓が閉められ、気配が奥のほうへと去った。

数羽の雀が文之介たちのいる道に舞いおりてきて、なにかいるのか、盛んについばみはじめた。

しばらくしきりに鳴き騒いで地面をつついていたが、やがて一羽が驚いたように飛び立つと、ほかの雀も続いた。あたりはあっという間に武家町らしい静寂に包まれた。

ちょうどそのとき門番が戻ってきた。小窓ではなく、くぐり戸があいた。

「どうぞ、お入りになってください」

ていねいにいわれ、文之介と勇七はその言葉にしたがった。

門の先には敷石が続き、玄関につながっていた。母屋の屋根より高い木々が陽射しをさえぎっており、あたりは寺の本堂のように薄暗かった。

玄関には家士《かし》が待っていた。文之介たちに丁重に挨拶《あいさつ》すると、先導をはじめた。玄関にあがった文之介たちは右に出て廊下を渡り、庭に面した座敷に通された。

「こちらでお待ちください」

家士がいい、襖《ふすま》を閉めて引き下がっていった。

次に女中が来て、茶の入った湯飲みを置いていった。

「勇七、こいつはすごい焼物だな」

文之介は湯飲みを光にかざし、ほれぼれと見た。

「なに焼きかな」

「備前《びぜん》か伊賀《いが》のような気がしますね」

文之介はうしろに控えている勇七を見つめた。

「勇七、おめえ、詳しいのか」

「焼物ですかい。詳しいなんて、口が裂けてもいえませんね」

「口が裂けたら、なにもいえねえけどな」

文之介は茶がこぼれないように重みを確かめた。

「ふむ、重厚さがあって、実にいいなあ」

「そうしていると、旦那が詳しいように見えますよ」

「焼物に関しちゃあ、ちっとは詳しくなりてえって思っているんだ」

「ああ、そうなんですかい。あっしはいいことだと思いますよ」

文之介は肝心の茶に口をつけてみた。あまり熱くはいれていない。茶本来の甘みと香りが楽しめた。

「こいつはうめえな」

「ええ、とても」

勇七が顔をほころばせている。おいしい茶を飲むと、自然に笑みがこぼれる。

文之介は飲み干し、湯飲みを茶托《ちゃたく》に戻した。

「もうちょっと味わえばよかったな」

「さいですねえ。旦那は、さっさと飲んじまいますからね」

勇七はじっくりと噛《か》み締めるようにしている。

「そうだな。俺はどうもあわてんぼなんだよな。勇七を見習わなきゃいけねえな」

そんなことを話していると、廊下をやってくる足音が静かに近づいてきた。衣擦《きぬず》れの音もかすかにきこえる。

「失礼いたします」

家士の声がし、襖があいた。そのあと、一人の初老の侍が悠々とした態度で入ってきた。がっしりとした顎と、えらが張った頬、怒っているかのように逆八の字になった眉毛に大きな特徴がある。

文之介たちの前に正座した。その姿勢のまま文之介を見つめる。

この人は、と文之介は思った。本山さんの葬儀に来ていた。忘れようとしても忘れられる顔ではなかった。

葬儀のあとに話をききたかったが、互いに落ち着いて話ができたとは思えない。こうしてここで向き合って話をするのが、正しいやり方だろう。

文之介はあらためて名乗り、勇七を紹介した。侍が朗々たる声音で、名を告げた。当主の浜北昌之丞だった。

「本山どのについて話をききたいと、南町奉行所の桑木どのからいわれておるが、どのようなことを話せばよいのか」

畳を這《は》ってくるような低い声で、こういうのを渋いというんだろうな、とやや高い声の持ち主の文之介はうらやましく思った。だが、今はそんなことはどうでもいいことだった。文之介は、本山七之進の仇を討つことに、すべての力を傾けなければならない。

文之介は、これまで会ってきた者にぶつけた問いをした。

昌之丞は繁く会っていたが、本山におかしなところは見えなかったことを口にした。おびえた雰囲気や逆にはしゃいだような様子も感じられなかった。

それは、文之介にもわかる。同心詰所《つめしょ》で少し話をする程度だったが、本山は感情の起伏がない男で、いつも穏やかそのものだったからだ。

「ところで、本山どのに頼まれた事柄があるときいておりますが」

文之介は本題に入った。

「それでござるか」

一瞬、昌之丞は唇をひん曲げ、むずかしい顔をした。決心をつけたように鼻から太い息を吐いた。

「他言無用に願いたい」

うしろで勇七もうなずいたのがわかった。

「一月ほど前のことにござる。この屋敷より、刀が一振り、盗まれ申した。それを探してくれるよう、それがし、本山どのに頼んだのでござる」

武家が、盗まれたことを他者に漏らすというのはなかなかできないことだ。武家は体面を特に気にするから、盗まれたことは恥とし、一切表沙汰《おもてざた》にはしない。

これも表沙汰にはしていないとはいえ、本山に話したこと自体、そうあることではなかった。

「どのような刀でしょう」

「戦国の昔より我が家に伝わる先祖伝来の刀にござる」

「先祖伝来といわれると、やはり高名な刀工が打ったものにござるか」

文之介はたずねた。

「山城国《やましろこく》の刀工だった三条国長《さんじょうくにながｓ》という者でござる」

きいたことがあるような気がする。だが、刀工は似たような名が多いから、勘ちがいかもしれない。侍なのにもかかわらず刀にはさして興味がないから、刀工の名はよく覚えていない。

「存ぜぬか」

昌之丞に意外そうにきかれた。

そんなに有名な人なのか。

文之介のほうこそ意外な感じがした。ちらりと勇七を見る。

勇七はなにげない顔を装っていたが、やはり知らないようだ。これは文之介だからこそわかることである。

「申しわけなく存ずる」

文之介は潔く頭を下げた。

「いや、知らぬのなら別にかまわぬ」

不承不承という表情で昌之丞がいった。

「あの、こんなことをきいては失礼かもしれませぬが」

文之介は落ち着いた口調で申し出た。

「値《あたい》ですかな」

昌之丞が先んじていった。

「はい。いったい、いくらくらいつくものにござろうか」

昌之丞が眉根を寄せ、口を不機嫌そうに引き締める。

「値のことはあまり申しあげたくない。金のことで本山どのに探してくれるように頼んだように思われるのでな」

「それがし、そのようなことは決して思いませぬ。値のことを知っていれば、武具屋などを当たるとき、わかりやすいと思ったまでにござる」

昌之丞が顔を寄せてきた。

「御牧どのと申したか、おぬしが探してくれるのかな」

「お頼みとあらば」

「是非ともお願いしたい」

「承知いたしました。本山七之進どのの無念を晴らすことが第一ゆえ、そちらが解決し次第ということになりますが、よろしいでござろうか」

「むろん」

「承知いたしました。力を尽くして探してみます」

「よろしくお願いいたす」

文之介は刀の特徴をきいた。

「これにござる」

昌之丞が懐から一枚の紙を取りだし、塵《ちり》一つ落ちていない畳に広げた。文之介が見やすいように逆向きにする。

「ご覧あれ」

文之介は目を落とした。刀の特徴が記してあった。

刃渡り二尺四寸、丁子《ちょうじ》乱れ刃文、匂口《においくち》冴《さ》え、小沸《こにえ》厚し、造り込み豪壮に尽く。柄。本鮫地《ほんざめじ》に純綿黒色捻糸《ひねりいと》一貫巻。鍔《つば》。蜻蛉木瓜《とんぼぼけ》透かし。

こんなことが書かれていた。

「これはいただいてよろしゅうござるか」

「どうぞ。そちらは写しにござるゆえ、いくらでも」

「痛み入る」

文之介はていねいに折りたたみ、懐にしまい入れた。

「ところで、先ほどの問いにござるが」

文之介は水を向けた。

「ああ、値でござったな」

昌之丞が遠慮がちに口にする。

「五百両はくだらぬでござろうな」

文之介は跳びあがりそうになった。かろうじてこらえる。

「さようにござるか」

なんでもないことのようにいったが、実際にはこめかみのあたりから、汗が噴きだしてきている。五百両など、一生、拝むことのない大金だろう。いや、何度か見ているか。

藤蔵の三増屋が、仙太がかどわかされたときに身代《みのしろ》として用意してくれた額はもっと多かった。それに、又兵衛が三増屋に用立ててくれたのは三千両だ。

そう考えると、五百両などはした金に思えてきた。

たいしたことはないさ。気圧《けお》されるな、御牧文之介。

文之介は自らを励まし、問いを続けた。

「名刀を盗んだ輩《やから》は、それを売るのが目的にござろうか」

「おそらく。手元に取っておいて、眺めるというのも考えられぬではないが、盗みをはたらくような者が、そんな悠然たることをしようはずもない」

「売るとしたら、武具屋にござろうか」

そんなことも知らぬのか、という顔を昌之丞はした。探索をまかせて本当に大丈夫なのだろうか、と危惧の色がうっすらと出てきている。

しかし文之介としては知らないことはきいておくのが最もいい手立てとわかっているから、平気な顔をしていた。こんなことで臆《おく》していられない。

その気持ちが通じたか、昌之丞がゆったりとした口調で答えた。

「まともな武具屋に、売るのは無理でござろうな。すぐに町奉行所につなぎがいき、御用ということになろう」

「となると、まともでない武具屋に売ることになり申すか」

「さよう」

昌之丞が深くうなずく。

「あるいは、店を持たず、一人で動きまわっている者にござろうな。本山どのは、そう

いう者に的をしぼっていると、それがしに伝えてござる」

店を持たぬ者か、と文之介は思った。

「浜北どのは、そういう者に心当たりがおありか」

「いや、一人も。それがし、武具の売り買いは一切したことがないゆえ」

「さようにござったか」

文之介は考えをめぐらせた。

「本山どのが店を持たぬ者にしぼっていた、といわれたが、それはどうしてご存じなのでござるか」

「探索が進んでいるのか、気になり、本山どのにこちらに足を運んでいただいた」

呼びつけたも同然だったのだろう。

「そのとき本山どのは、その手の者にしぼって動いているようなことをほのめかしてござった」

「さようか。本山どのは、そういう者の名を口にしましたか」

昌之丞が首を振る。

これは本山さんがつかっていた中間や岡《おか》っ引《ぴき》にきけば知れるかもしれぬ、と文之介は思った。

「さようか」

「いや、一人も」

ほかになにかきくべきことはないか、頭のなかを探ってみる。

「本山どのに、ほかに頼んでいたことはござらぬか」

「いえ、ほかにはござらぬ。とにかくそれがしは、先祖伝来の宝刀を取り戻してもらうこと、ほかに今のところ願いはござらぬ」

昌之丞がはっきりと答えた。

それを潮に、文之介は勇七をうながし、浜北屋敷を辞した。

第三章　奉行落ちる

一

桑木又兵衛にとって信じがたいことだが、噂を真に受けて信じている町人はかなりの数にのぼるという話だ。

又兵衛は、大塩平八郎の噂など馬鹿馬鹿しいと考えている。生きているはずがない。あの男は三年前、自ら用意した火薬に火を放って焼け死んだ。それ以上でもそれ以下でもない。

しかし、江戸市中では米の値があがって暮らしが苦しくなっていることもあり、噂は真に受けられているといっていい。しかも、枯れ野に放たれた火の勢いで、すでに江戸を駆けめぐっている。

米屋や他の豪商を狙って、打ち壊しがされるのではないか、という話もちらほらと又ている。

大塩平八郎のことは、同じ町奉行所の与力ということもあるのか、よく耳に入ってきらだ。手綱《たづな》の切れた奔馬のように、抑えがまったく利かなくなる。

民衆というのは、ほんの些細《ささい》なきっかけで火がつき、一気に暴走をはじめるものだか
打ち壊しが本当にあるのか。ないと考えるのは、不自然だろう。

兵衛のところに届いていた。


乱を起こす前、町奉行所内の同心の不正を暴いたことで、大坂町民の喝采《かっさい》を浴びたという。そういうことができたのは、当時の町奉行である高井山城守《たかいやましろのかみ》の後ろ盾があったゆえで、その高井が奉行職を離れると同時に大塩平八郎は町奉行所内で孤立したらしく、養子の格之助に跡を譲り、自らは隠居した。

現役の与力の頃から洗心洞《せんしんどう》という学塾をひらいており、王学《おうがく》（陽明学）を門弟たちに教えていた。大塩平八郎自身、自らを律するのにひじょうに厳しく、夕方に勤めから帰ると、すぐに眠りにつき、深夜八つに起きるや武芸の稽古のあと朝餉になり、そのあと七つ半から門弟たちを集め、王学の講話や講釈を語ってきかせた。

それが終わると、町奉行所に出仕していたという。

なんと厳格な、と思わざるを得ないが、川中島《かわなかじま》の合戦を描いた漢詩の『鞭声粛粛夜《べんせいしゅくしゅくよる》河《かわ》を過《わた》る』で有名な頼山陽《らいさんよう》には、自分の思ったことをそのまま口にだすような性格を

戒《いまし》められ、諭《さと》されていたという。

大塩平八郎は、大商人による米の買い占めで飢えに苦しむ民衆を、大商人と役人たちが結託し、まったく救おうとしない態度に業を煮やして自分の財産でなんとかしようとした。が、それも焼け石に水で、最後は奉行をはじめとした役人、大商人を討って世直しをするしかない、と思い定め、ついに決起したのである。

乱そのものは半日程度で抑えこまれてしまったが、大坂町奉行所の与力が引き起こしたというところに、公儀は屋台骨《やたいぼね》を揺さぶられるほどぐらついた。大塩平八郎の檄文《げきぶん》は写されて日本を駆けめぐり、いたるところで大塩平八郎を模した乱が起きた。

ここ江戸にも、大塩平八郎が異国船とともに江戸を襲う、という噂が伝わり、広がっていった。

その噂はすぐにおさまったが、今度の噂は前回以上の根強さがあるように、又兵衛は感じている。

誰かが意図して流した。

それ以外、考えられない。

廊下を渡る足音がし、又兵衛の襖の前でとまった。

「桑木さま、いらっしゃいますか」

小者のようだが、又兵衛についている者ではなかった。又兵衛の小者なら、もう夕方で帰宅してもおかしくない刻限といっても、あるじがまだこの執務部屋にいることを知っているからだ。

「なにかな」

「失礼いたします」

襖をあけたのは、町奉行である筒井和泉守紀正《つついいずみのかみのりまさ》の小者だった。

「御奉行がお呼びにございます」

「わかった。すぐにまいる」

又兵衛は答え、文机《ふづくえ》の上を整理してから立ちあがった。

小者のあとをついて、廊下を歩く。

いくつかの角を曲がって、町奉行の執務部屋に着いた。

「お入りくだされ」

小者にいわれ、又兵衛は部屋のなかに進んだ。

町奉行の筒井和泉守が脇息《きょうそく》にもたれ、座っていた。

「よく来た」

筒井にいわれ、又兵衛は平伏した。

「そんな堅苦しい真似をするでない、と前から申しているであろうが」

「はっ」

又兵衛は控えめに顔をあげた。筒井がこちらを見つめている。

もう二十年近くも南町奉行をつとめていることもあるのか、さすがに瞳は鋭い。だがそれ以上に目立っているのは、高い鼻だ。天狗を思わせるとまではさすがにいわないが、閉じた傘のような形をしており、つい見とれてしまうことがある。

顎はほっそりとし、どこか高貴さを思わせるところもある。

町奉行として有能で、仕事もよくできる。だからこそ二十年近くもその座にいるのだが、一方で、腐りだしているのではないかと思えるような話も、ささやかれはじめている。長いこと権力の座にいれば、どんな清廉な理想を掲げた高潔な人物でも、腐敗は避けられないのかもしれない。

腐りだしている話というのは、筒井家の家臣で、筒井和泉守の内与力《うち》をつとめる二松《ふたまつ》四郎左衛門《しろうざえもん》が、大商人とつるんで米の買い占めをし、米価のつりあげを計っているのではないか、というものだ。

その噂は、まだ町奉行所内で流れているにすぎず、江戸市中にまでは達していない。だが、間もなく江戸の町民に知れ渡ることになるのは、まちがいなかった。

今の江戸は、三年前の大坂に酷似しているのだろうか。

だから、大塩平八郎が生きて江戸に来ているという噂は、民衆の願いなのか、と又兵衛は感じざるを得ない。

「又兵衛、まあ、飲め」

奉行に茶を勧められた。

「いただきます」

又兵衛は茶托から湯飲みを取りあげ、口をつけた。傾ける。

苦みの強い茶で、甘みはほとんど感じられない。安い茶ということではなく、これが筒井の好みなのだ。

「うまいか」

又兵衛は顔をしかめた。

「いつものことながら、それがしには合いませぬ」

筒井がにこりとする。その笑みには人を惹《ひ》くものがあり、やはりだてに二十年もの長きにわたって町奉行をしていないと思わせるものがあった。

「わしは、おぬしのそういうところが大好きでのう。おべっかをつかい、このようなさしてうまくもない茶を、実においしいという輩がやたらに多いなか、おぬしのような者は実に貴重よ」

「はあ、畏《おそ》れ入ります」

又兵衛は一礼した。脇息にある筒井の腕が、かすかに震えているのに気づいた。奉行の癖であるのは知っている。貧乏揺るぎみたいなものだ。

苛立《いらだ》っているときに、よく出る。ということは、にこやかな笑みを浮かべてはいるものの、筒井は気持ちがいらいらしているのだろう。

「して又兵衛、噂のこと、存じておるな」

筒井が外に漏れるのを恐れるかのような低い声できいてきた。

「はっ」

又兵衛は声を押し殺して応じた。

「どう思う」

筒井が顔を寄せてきた。煙草《たばこ》のにおいがする。筒井は煙草が大好きなのだ。しかし、こうして配下と話しているときは一切吸わない。嗜好《しこう》のものを仕事の最中に吸ってもうまくない、というのが持論だ。このあたりが、町奉行として長く君臨できた理由の一つになっているのかもしれない。

「無視はできぬものと」

「ふむ」

筒井は軽い相づちを打ったが、はやく先を続けるように、と言外に意味がこめられている。

「どうしてかと申しますと、庶民というのは、こう申しあげるのは、はばかりがありますが、世直しを常に求めておるものでございます。実際、不穏な空気が江戸の町をすでに覆いはじめております。これを放置しておけば、いずれ米問屋などに民衆は押しかけ、打ち壊しをはじめましょう」

「一つやられたら、次々にやられるであろうな」

「御意《ぎょい》」

「そうなる前に食いとめねばならぬ。又兵衛、どうしたらいい」

「これ以上、噂が広がるのをとめるしかないと思われます」

「できるか」

「むずかしいでしょう。川の流れをざるでとめるのに、似ているでしょうから」

「川をざるでとめるか。そいつはどうやってもできぬのう。だが又兵衛、なんとかならぬのか」

筒井がなにか思いついたような顔をする。

「噂を口にした者を、有無をいわさず引っ立てるか」

「それはおやめになったほうがよろしいかと存じます」

「どうしてだ」

「町奉行所が噂を恐れていると誤解を与えかねませぬし、噂が本物であると思わせることにもなりかねませぬ」

「なるほど、そうであるな」

筒井が再び脇息にもたれる。

「とにかく又兵衛、なんとか噂を鎮《しず》めることにつとめてくれ」

「承知いたしました」

又兵衛は退出しようとした。

「待て」

呼びとめられた。

「又兵衛、もし打ち壊しが本当にあるようなら、わしは出向くぞ」

「出向くとおっしゃいますと、陣頭指揮をとられるということにございますか」

「そうだ」

筒井の目には鋭い光がたたえられている。

「在任の最中、打ち壊しが起きるなど、正直申せば、町奉行として恥以外のなにものでもない。責任を問われるのは、必至だ。だからといって町が騒然としているときに、わしが奉行所に引っこみ、手をこまねいているわけにはいかぬ。上のお方たちの覚えもさぞ悪かろう」

筒井和泉守が町奉行所から、さらに上を目指しているのは知っている。奏者番《そうじゃばん》になりたがっているのだ。

八代将軍吉宗《よしむね》の治世、重用された南町奉行の大岡忠相《おおおかただすけ》の跡をたどろうとしている。奏者番は、千代田《ちよだ》城内において将軍が大名や旗本に面会するとき名を伝えたり、献上物を紹介したりすることを役目としており、たいていの場合、寺社奉行を兼ねることが多い。筒井が寺社奉行となるのが、いやかどうかは知らない。どちらでもいいと思っているにちがいない。

奏者番も寺社奉行も、大名職だ。筒井は大名になりたがっているのである。

こたびの噂が出世の妨げになるのをなによりも恐れている。打ち壊しが起きるのは仕方ない。本当は噂を口にする者を引っ立てたいところだろう。だが、それをすれば逆に騒ぎが大きくなりかねないのは、経験が豊富なだけに、よくわかっている。

しかし、なんとか一件のみで騒ぎをおさめたいと考えているのだ。そうすれば、幕府の要人に対してもまずまず覚えがよかろうという判断があるのだろう。

「承知いたしました。御奉行がお出になれば、騒ぎはすぐに鎮まりましょう」

「そうなればよいな」

又兵衛は部屋の外に出て、襖を静かに閉めた。廊下を歩きだす。

いくつかろうそくの明かりがあるものの、もし足元になにか置いてあれば、引っかかってしまうのではないかと思えるほどの薄暗さに、廊下は包まれていた。

なにごともなく、又兵衛は自分の部屋に戻った。執務をする。

御奉行が恐れていらっしゃるのはきっと、内与力の二松四郎左衛門を介して通じている豪商たちに、打ち壊しの手が及ぶことであろう。

豪商たちに町奉行の権力を用いて儲けを与える。その儲けから分け前をもらい、その金を幕府の要人たちにばらまく。それで出世につながるという筋書きだ。

豪商たちに、必ず守るから、と口約束をしているのかもしれない。

又兵衛は執務を終えた。文之介のことがなんとなく頭に浮かんできた。

あいつはがんばっている。成長のはやさがすばらしい。

このままいけば、きっと丈右衛門のようになれるにちがいない。あいつにしてみれば、父親並みというのはおもしろくないだろう。きっと丈右衛門を超えるつもりでいるにちがいない。

そのくらいの気持ちでいなければ、人というのは駄目だ。

もう帰っただろうか。まだ詰所にいて、日誌でも書いているような気がする。

声をかけていきたかったが、邪魔をするのも悪いと思い直した。

又兵衛は玄関に出た。外は風が吹いている。少し肌寒さを覚えた。

風邪でも引いたかな。

又兵衛は、襟元をかき合わせた。

しかし、今は引いている場合ではないからな。気をつけねば。

すでに昼間の名残すべてを追いやった夜はいくつもの腕を伸ばしきり、完全に江戸の町を支配下に置いている。もう五つ半近くになっているのではないか。

少し根を詰めすぎたきらいがある。目が疲れている。

又兵衛はまぶたを軽くもんだ。

小者があらわれ、提灯に火をつけた。敷石を踏んで大門まで来た。同心詰所の入口が見えている。また文之介の顔を見たくなったが、その思いを抑えて又兵衛は大門をくぐり抜けた。

小者の先導で、道を歩きだした。提灯が風に静かに揺れ、行く手をほの明るく照らしだす。

腹が空いた。八丁堀まではゆっくり歩いても四半刻ほどだ。すぐに夕飯にありつける。

妻は今日、なにを食べさせてくれるのだろう。与力は二百石ながらも、いろいろと役得がある職だけに、内証は他の侍ほどは苦しくない。

だから、腕のよい庖丁人《ほうちょうにん》の一人くらい雇っても一向にかまわないのだが、妻が庖丁を握るのが好きで、しかも上手だから、その必要はまったくない。

庖丁の達者な妻を持つというのは、果報者だな。

そんなことを思いながら歩いていると、背後から一陣の風が吹いてきた。

体が冷たくなったような気がし、豪快なくしゃみが二度出た。

これは本当に風邪を引いたかな。

又兵衛は懐紙を取りだし、洟《はな》をかんだ。ふう、と息をつく。

「大丈夫でございますか」

提灯をまわし、小者がきいてきた。

「うむ、平気だ」

「あっ」

不意に、小者があっけにとられたように口をひらいた。

「どうした」

又兵衛はたずねた。じりと土が踏み締められる音が、うしろできこえた。

背筋に寒気が走った。

これはいったいなんだ。

答えが見つかる前に、又兵衛は前に体を投げだしていた。

今まで又兵衛がいた場所の大気が、真っ二つにされたのがわかった。

なんなんだ。どうして。

又兵衛は地面を転がった。打ちどころが悪かったか、肘《ひじ》のあたりがひどく痛む。肩もひねったようで、重い感じがする。

何者だ。

又兵衛は立ちあがった。

小者は腰を抜かし、意味不明の言葉を口にしている。そばで、放りだされた提灯が炎をあげて燃えていた。

立ちのぼった黒い煙が闇のなかに吸いこまれてゆくのが、こんなときにもかかわらず、はっきりと見えた。

又兵衛は刀の柄に手をやった。しかしまずいことに柄袋がしてあり、刀を抜くことができない。

なんてえざまだ。これでも侍の端くれなのか。

脇差にも同じように柄袋がしてある。こちらも役に立たない。

眼前に立っているのは、二人だ。頭巾を深くしている。

「何者だ」

又兵衛は声を放った。できるだけ大きな声で吠《ほ》えるようにいったのは、まわりにきこえることを期待したからだ。付近は、武家屋敷が密集しているが、ちらほらと町屋の影も闇に浮いている。

だが、誰かが外に出てきてくれるようなことはなかった。朝のはやい江戸の者たちはとうに寝ているか、騒ぎをきさつけても、面倒を恐れ、家のなかでじっとしているのかもしれない。

右側の一人が無言で斬りかかってきた。袈裟斬りだ。

又兵衛は姿勢を低くして横によけたが、顔面ぎりぎりを刃がかすめるようにしていった。肝が冷えるというのを、この歳になって初めて知った。こんなにも実戦というのは、怖いものなのか。

文之介や丈右衛門は剣の遣い手だから、真剣でやり合ってもさしたる恐怖はないのではないか、と思っていたが、それは大いなる過《あやま》ちだった。

文之介にしても丈右衛門にしても、今にも命を失うのではないかという怖さのなかで、これまで戦っていたのだ。

もう一人が足を踏みだしてきた。こちらの男には、次の一瞬で獲物を倒すことができるという確信を抱いた猟師のような冷静さが感じられた。

まずいぞ。

又兵衛はあわててうしろに逃げようとした。男はすばやい足さばきで詰め寄ってきた。刀が横に振られる。又兵衛は一歩、飛びすさることでかわしたが、足がもつれ、よろけかけた。

地面に片手がつき、指で土を掃いた。体勢を立て直そうとしたが、すでにそのときには刀が振りおろされていた。

終わった。

又兵衛は観念して思った。まさか今日が命日となるとは、夢にも思わなかった。

体が両断される瞬間を黙って待った。そのほうが痛くないのではないか。そんなことを考えていた。

鉄の鳴る音がし、火花らしいものが頭上で散ったのが、なんとなくわかった。なんだ。

又兵衛はまだ生きている自分を知った。

どうした、なにがあった。

よろよろとよろけつつ又兵衛は立った。しかし体に力が入らず、武家屋敷の塀にもたれた。そのままずるずると尻《しり》が落ち、地面に座りこむ格好になった。

一人の侍が、頭巾をしている二人の男と対峙《たいじ》している。

「桑木さま、大丈夫ですか」

この声は、と又兵衛は思った。うれしくて涙が出そうだった。百万の援軍を得たというのは、こういう心持ちをいうのだろう。

「文之介っ」

又兵衛はまた吠えるようにいった。これだけの声が出るというのを、教えたかった。

又兵衛の気持ちは、文之介に伝わったようだ。

「動かずにいてください」

文之介の声は冷静だ。又兵衛には、このときほど文之介が頼もしく思えたことはなかった。

「ああ」

かすれ声で答えた。

文之介が構えているのは、刃引きの長脇差だ。

正眼《せいがん》にぴたりと決まり、体は微動だにしない。

剣尖《けんせん》はわずかに揺れ動いている。これは、わざとそうしているときいたことがある。

文之介がじりじりと横に動きはじめた。それに合わせて、二人の男も位置をずらしてゆく。

文之介が剣尖をかすかにあげたように見えた。気合というのか、殺気というのか、文之介の体から放たれたものが、あたりを重い雲のように覆い尽くした。

文之介は一気に突っこんでゆく。右手の男を標的にしていた。

二人の男は、文之介の気迫に押されたか、体をひるがえした。刀の峰を肩に置いて走りだす。

文之介が追う。

三人はあっという間に、闇のなかに紛れていった。

「ふみのすけぇー」

我ながら情けない声が出た。ひどくわなないていた。

「頼むから、深追いはするなよ」

又兵衛は小者に目を当てた。まだ腰を抜かしたままだ。

「生きているか」

答えがない。

「大丈夫か」

「は、はい」

震え声が返ってきた。よかった、と又兵衛は安心した。おぼつかない手で、柄袋をはずす。

ようやく刀が抜けるようになって、なんとなく安心した。これでもし先ほどの二人が戻ってきても、少しは相手ができる。

しかし文之介はどうしたのか。戻ってこない。

まさか、文之介に限って。

そんな思いが頭を占めたが、又兵衛はすぐに首をぶるぶると振った。

たわけたことを考えるでない。うつつになったら、どうするんだ。

軽やかな足音がきこえてきた。まず文之介だろうと思ったが、又兵衛は身構え、いつでも刀を抜ける姿勢を取った。

「桑木さま」

文之介が探しているのがわかった。

「ここだ」

又兵衛は刀から手を離した。

「そちらでしたか」

文之介が目の前にあらわれた。汗を一杯にかいている。

「申しわけございません。逃がしてしまいました」

「かまわぬ。二人が相手だし、なにしろこの闇だからな」

又兵衛は文之介が戻ってきたことで、いまだに胸がどきどきしているのを知った。

本当に怖かったのだ。

「文之介、よく来てくれた。助かった」

「いえ。間に合ってよかった」

文之介が二人の消えていった闇をにらみつけた。

「何者ですか」

「知らぬ」

「心当たりは」

ない、といおうとして、言葉が喉に引っかかったようになった。仕方なく又兵衛は首を横に振った。それだけで、頭ががんがんしてきた。

たまらず顔をしかめた。

「大丈夫ですか」

文之介がのぞきこんでくる。

「ああ、大丈夫だ」

力強くいった。この頭の痛みは恐怖が去れば、きっと消えるだろう。

「桑木さま、本当に襲われることに、心当たりはないのですか」

「ああ、ない」

もしかすると、と文之介がいった。

「本山さんを殺した者と、同じ者かもしれませんね」

二

日本橋から数えて六番目の宿場が、藤沢である。

箱根から江戸へ帰るのに、旅籠に泊まる最後の宿場ということになる。

もうじきその宿場に入る。あと一里もなかった。

日暮れが徐々に迫っており、まだ太陽は十分な明るさを保っているといっても、どことなく夕方の気配が感じられるようになっていた。

東海道はずっと海岸沿いを走っていた。海は斜めから射しこむ日を浴びて、うねるようにきらきらと輝いている。水面ぎりぎりを名も知らない鳥が、滑るように飛んでゆく。

「あれは江《え》ノ島《しま》ですか」

藤蔵が指さしてきく。行く手の右側に、緑に覆われている平べったい島が見えている。

「そうだ」

「なかなか風情を感じさせる島ですね」

ふふふ、と丈右衛門は声にだして笑った。うしろを歩くお知佳も楽しそうな表情をしているのが、見ずともわかった。

「どうしてお笑いになるのです」

藤蔵が不審げにきく。

「おまえさんが、初めてのような顔をしているからだ」

えっ、という顔を藤蔵がする。

「ああ、そうでしたね。往《い》きにすでに通って目にしていたんですね」

「そういうことだ。だが、帰りのほうが景色としてはわかりやすいがな」

「江ノ島というのは、なにがあるんです。確か、江ノ島詣《もう》でというものがありましたね」

「そうだな。江戸の者たちが楽しめる手軽な旅だ」

丈右衛門は目をあらためて当てた。

「江ノ島は役行者《えんのぎょうじゃ》がひらいたといわれているんだ」

「役行者でございますか」

「奈良《なら》に都ができるまだ前のことだから、相当昔のことだな」

「そんなに古いのでございますか」

「そうだ。神の宿る場所ということで、一島すべてが信仰されることになった。そのあと、時代はずっとくだり、源頼朝《みなもとのよりとも》公が弁財天《べんざいてん》の分祀《ぶんし》をするなどして、江ノ島は多くの人が詣る場所となった」

「源頼朝公にございますか」

「うむ。江ノ島の弁財天というとつとに有名だが、寿永《じゅえい》元年（一一八二）のことというから、頼朝公が平家《へいけ》を討つために挙兵したときのことではないかな」

「なるほど」

丈右衛門は背中のお勢を背負い直した。相変わらずぐっすりと眠っている。

お知佳は丈右衛門と藤蔵の会話を、黙ってきいている様子だ。きっと藤蔵がここまでよくなったことを、うれしく思っているにちがいない。

藤蔵の供の者である一之助も、丈右衛門と藤蔵がいかにも楽しげに話しているのを、笑みを浮かべて見ている。

「江ノ島は歩いて渡れるとききましたが、まことにございますか」

藤蔵が江ノ島を眺めていった。

「そうだ。干潮のときだけだ。干潟《ひがた》に道ができるんだ」

「では、満潮のときは船で渡るのでございますね」

「それが船だけではないのだ。ここからは見えぬが、大河を渡るときのように人足《にんそく》に背負われて渡ることもできる」

「さようでございますか。渡し賃はいくらなのでございますか」

「渡し船が八文《もん》ときいている。人足は、膝の下まで潮がきているときは十六文、股《また》の下までつかるときは二十四文、腰のあたりまでのときは三十二文ということに決まっているらしい」

「ほう、びっくりするほど高くはございませんね」

「まあ、そうといえるだろうな」

丈右衛門の口調に思わせぶりなものを感じたか、藤蔵がきいてきた。

「御牧さま、なにか裏があるのでございますか」

お知佳もききたそうにしているのが、気配で伝わってきた。

「高くはないと藤蔵が思うように、旅人を運ぶ人足たちもどうやら同じことを考えているらしいぞ」

「ああ、そうなのでございますか」

丈右衛門がなにをいいたいか合点した藤蔵が案じ顔になる。

「となると、旅の途上でままあることが、こちらでも行われているということにございますか」

「そういうことだ」

「あの」

うしろからお知佳が控えめに言葉をはさんできた。

「旅の途上でままあること、といいますと、なんでございますか」

丈右衛門は振り返った。少し日に焼けているが、かわいい妻の顔がそこにあった。

「もちろん、人足すべてがそういうわけではないだろうが、難癖《なんくせ》をつけて高い渡し賃をふんだくろうとする者があとを絶たぬということだ」

「ああ、そうなのですか。女の人が一人なら、気の荒い人足にいわれて、逆らうことなどできませんね」

「そういうことだ。だから、島に住む者も江ノ島に参詣《さんけい》する者にも橋が必要なんだが、先立つものが必要だからな、なかなかうまくいかぬようだ」

「島とつなぐ橋となると、ちょっとしたことで流されてしまうでしょうから、むずかしいものがあるんでございましょうな」

藤蔵が江ノ島に強い眼差しを当てていった。

おっ、とその横顔を見て、丈右衛門は心中で声をあげた。藤蔵は目にもだいぶ力が戻ってきている。これなら、以前のように店を自在に差配できるにちがいない。

奉公人たちもこの目を見れば、きっと安心できるだろう。

「先ほどの人足の件ですが、どうすることもできないのでございますか」

お知佳が少し悲しそうにいった。丈右衛門は元気づけられるような言葉を探した。

「今はうまくいかぬが、いつかはきっと旅人にとって喜ばしいときがやってくるだろう」

こんな程度のことしかいえないのが情けなかったが、ほかにうまい言葉が見つからなかった。

丈右衛門たちは歩を進めた。

街道は藤沢宿に入った。

あたりは暮色が濃くなり、自分のところに呼びこもうとする旅籠の女中衆たちによる旅人の腕の引っぱり合いも、激しさを増していた。

別にどこと宿を決めてあるわけではないが、次はいつ旅に出られるか、わからない。丈右衛門としてはいい宿を選びたかった。このくらいでいいだろう、と適当なところに泊まり、後悔はしたくなかった。

こういうときは、自らの勘を信じている。

だがなかなかこれといった宿が、見つからなかった。

丈右衛門はまわりを見渡した。行きかう旅人はかなり多くなっている。手慣れた感じで次々と旅籠を選び、暖簾《のれん》をくぐってゆく。

しばらく丈右衛門たちは宿場内を歩いた。

「なかなか大きな宿場でございますね」

「まったくだ」

宿場自体、藤蔵がいうように相当の規模を誇っている。旅籠はびっしりと軒を連ねていた。いったいどれだけあるのだろうか。五十軒近くは優にあるのではないか。

それも当然かもしれない。江ノ島が真南一里ほどのところにあり、江ノ島詣でに最も便のよい宿場となっているのだ。さらに、大山《おおやま》や八王子《はちおうじ》、厚木《あつぎ》などに向かう街道が集まっている。

その上に、時宗《じしゅう》の総本山である遊行寺《ゆぎょうじ》がある。時宗は一遍上人《いっぺんしょうにん》がはじめた念仏宗で、浄土宗の一宗派といっていい。

「遊行寺というのは、確か別の名がございましたね」

ここならよかろう、と丈右衛門が判断した旅籠に投宿して部屋に落ち着いたとき、藤蔵がいった。

部屋は八畳間で、丈右衛門、藤蔵、お知佳、一之助という大人四人が泊まるのには広すぎるほどだ。

寝るときは、真ん中に衝立《ついたて》を立ててもらうことになっている。丈右衛門とお知佳は入口側に場所をもらった。こうしておけば、お知佳が厠《かわや》に行くとき、遠慮しなくていい。

「ああ、正確にいうと、藤澤山《とうたくさん》無《む》量光院《りょうこういん》清浄光《しょうじょうこう》寺《じ》というそうだ」

「もともと藤沢宿は、遊行寺の門前町からはじまったらしいですね」

「そうだ。徳川家康《とくがわいえやす》公が慶長《けいちょう》六年（一六〇一）に、藤沢宿を設けられ、さらに町として大きくなったようだ」

「さようですか」

藤蔵が感激を隠さずに相づちを打った。

「それにしても、御牧さまは物知りにございますな。手前が問うことに、ことごとくお答えになります。知らぬことなど、ないのではございませぬか」

「物知りなどととんでもない。知らぬことのほうが多いさ」

丈右衛門は、お知佳が差しだした湯飲みを手にした。中身はただの白湯《さゆ》だ。旅籠で高価な茶が出てくることなど、滅多にない。喉を潤すには十分だ。

お知佳が、藤蔵と一之助にも白湯を手渡した。

「御牧さま、もう一つ知りたいことがあるのですが、よろしいですか」

白湯を一口飲んで、藤蔵がいった。

「答えられることなら、答えよう」

「正確には藤澤山無量光院清浄光寺ということですが、どうして遊行寺とよばれるようになったのでございましょう」

「それか」

丈右衛門は白湯を飲み干し、湯飲みをお知佳に渡した。

「藤蔵、逆にきくが、仏教の一宗派の長をなんという」

「一宗派の長にございますか。法主《ほっす》でございましょうか」

「そうだ。時宗は念仏宗の一宗派で、念仏をすすめて歩くことを遊行といい、代々遊行を相続するその法主を遊行上人というんだ。清浄光寺は時宗の総本山で、ここに独住された藤沢上人がいらっしゃる。だから、ここを遊行寺と呼ぶんだ」

「そういうことにございましたか。胸のつかえがおりたように、すっといたしました」

「相変わらず大袈裟《おおげさ》だな」

「とんでもない。手前は大袈裟などではございません」

藤蔵がおどけたようにいう。

「でも、大仰《おおぎょう》に申せば、御牧さまがお喜びになるのではないか、と思ったのは事実でございます」

そうか、と丈右衛門は返した。

「藤蔵の心遣い、ありがたく受け取っておこう」

本当に藤蔵は明るくなった。空元気《から》ではあるまい。瞳に力が戻っているし、体にも精気がみなぎりつつある。明日、江戸に着く頃には、昔の藤蔵を目にできるのではないだろうか。

その後、食事になった。鯵《あじ》の干物が主菜だったが、白い身には脂がのり、ほくほくして実にうまかった。お知佳から少しもらったお勢もあじのよさがわかったのか、きゃっきゃっとはしゃいだ。丈右衛門たちは満足して箸を置いた。

その後、風呂《ふろ》に行った。江戸の湯屋を小さくしたような感じだった。湯船はそこそこ大きく、数名がいっぺんに入れる造りになっていた。

丈右衛門と藤蔵は洗い場で体をきれいにし、顔を並べて湯船に浸かった。

「生き返ります」

藤蔵がしみじみといった。音をさせて、こちらを見た。

「御牧さま、誠にありがとうございました」

万感の思いをこめているようにきこえた。

「藤蔵、よかった。本当によかった」

「これも御牧さまのおかげにございます」

「わしはなにもしちゃいない。藤蔵が元気になろうとがんばったにすぎぬ」

「いえ、御牧さまが常に励ましてくれたからにございます」

「とにかくよかった。藤蔵、箱根での湯のかけ合いはおもしろかったな」

藤蔵が、汗のうっすらと浮いた顔をほころばせる。

「はい、楽しゅうございました。まるで幼い頃に戻ったような心持ちがいたしました」

「またやりたいが、人がいるからそうもいかぬな」

「また箱根に行ったとき、いたしましょう」

「うむ、そうしよう」

湯船には、あと三人が入っている。そのうちの一人が、少し丈右衛門に寄ってきた。髷《まげ》の形からして町人だ。

「箱根からの帰りなんですか」

「そうだが」

「手前はこれから行くんですよ」

「そいつはいい」

「あまりよくはありませんや」

男が渋い顔をする。

「どうして」

「古女房と一緒ですから。どうしても連れてけっていうもので、仕方なく」

「仕方なくってことはあるまい。おまえさん、江戸者のようだが、女房にいわれて実際に箱根まで連れてゆこうという気になる者が、果たして江戸にどれだけいるものか。おまえさんの女房は幸せ者だな」

「そうですかねえ」

「そうさ」

男が笑みを浮かべた。

「お侍がそれだけおっしゃってくれると、手前もうれしいですよ。うるさいと思っても、少し離れたりすると、それだけで寂しいなんて思っちまうこともありますからね。悔しいですけど」

「別に悔しがることはあるまい。おまえさん、女房にぞっこんだな」

「ぞっこんだなんて、とんでもない。でも、江戸がうるさいときだから、ゆっくりしてくるのもいいかもしれないですね」

丈右衛門は男を見つめた。藤蔵もじっと目を当てている。

「江戸がうるさいとは、どういうことだ」

「ああ、そうか、ご存じないんですね」

男によると、江戸には大坂で乱を起こした大塩平八郎が生きているという噂が流れ、町の雰囲気がひじょうに悪くなっている。一方で、打ち壊しがきっかけとなって大塩平八郎さまがあらわれてくれる、という噂もあるのだそうだ。そのために、豪商たちに対して、いつ打ち壊しが起きてもおかしくない空気が江戸には濃く漂っている。

男が湯をすくい、両手で顔をざぶんと洗った。

「まったく妙なことになっちまっていますけど、江戸はもう、打ち壊しが明日にあっても決しておかしくはありませんよ」

三

今日にも打ち壊しがあるのではないか、という話で、夜明け前に文之介は奉行所から呼びだしがあった。やってきたのは勇七ではなく、小者だった。

急いで捕物支度《じたく》をし、文之介は出仕した。詰所内は殺気立っていた。

最後に来たのは吾市だった。文之介たちと同じように、鉢巻に襷がけ、裾をたくしあげているという格好だ。そういう姿をすると、吾市もかっこうよく見えるから、不思議なものだった。

馬子《まご》にも衣装といったところかなあ、と文之介は思った。

「なんだ、文之介、なにをぶつぶついってやがんだ。それにしても、今日はやけにはええじゃねえか」

文之介はにこっと笑った。

「今日も最後だったら、鹿戸さんになにをいわれるか、わからないですから」

「俺にいわれるのが怖くて、はやく来たのか。おめえらしいな」

吾市が文之介をしみじみと見る。

「しかしおめえの笑顔は幼えな。まるで手習所に通いはじめたばかりの、ちっちゃな男の子みてえだぜ」

そのとき、桑木又兵衛づきの小者が詰所に飛びこんできた。

「皆さま、いらしてください」

「ついにはじまったのか」

先輩同心がただす。

「いえ、まだのようです。でも次々に町人たちが集まりつつあるとのことです」

詰所の外に出た。すでに東の空は白みはじめていた。だが、あたりはひどく暗いままだった。

厚い雲が覆い尽くしていた。どんよりとした雲で、今にも雨が落ちてきそうだ。やや冷たい風は湿り気を帯び、雨のにおいをどこからか運んできていた。

閉じられている大門の前に、文之介たちは集まった。町奉行所内のすべての者が参集したかのようだった。

この人数が出てゆくのか。

文之介は感嘆した。

百人は優に超えるのではないか。

しかし、これでは奉行所が空っぽにならないか。もちろん何人かは留守を預かることになるのだろうが、ほとんど総勢といっていい人数をだして大丈夫なのか。

そんな懸念を抱きつつまわりを見ると、はやくも血走ったような目をしている小者や中間がいた。

「文之介、血がわくな」

吾市も同じような瞳をしていた。中間の砂吉も同様だ。

文之介は適当に言葉を濁すように返した。

向こうから勇七がやってくるのが見えた。同時に勇七も文之介を認め、急ぎ足で歩み寄ってきた。

「とんでもないことになっちまったな」

文之介は勇七に小声でいった。

「まったく」

言葉少なに勇七がうなずく。

「しかし、噂が流れてからここまでくるのにはやかったな」

「ええ、まさにあっという間でしたね。──旦那、どうしました」

「なにが」

「険《けわ》しい顔をしているなと思って」

「そうか」

文之介はつるりと頬をなでた。

「こんなに噂が広まるのがはやいなんざ、煽ったやつがいたんじゃねえのかな、とふと思ったんだ」

「このはやさだと、まず一人じゃあり得ませんね」

「そうだな」

「でも大塩平八郎の噂を流して、どうする気なんですかね」

「そいつはよくわからねえ。でも打ち壊しがはじまれば、大塩平八郎がそのときあらわれるって噂も流れたよな。あれは、誰かが打ち壊しを群衆にさせたがっているのは、紛れもねえぞ」

「打ち壊しをさせるだなんて、いったいなんのためです。まさか世直しのためじゃありませんよね」

「こんなろくでもねえ噂を流すやつに、世直しをする気概なんか、あるものか。どうせ悪事だろう」

「悪事ですかい。なにをやらかすつもりなんでしょう。打ち壊しに乗じて、盗みや押し込みでしょうか」

「そいつも考えられるが、どうもそうじゃねえような気がしてならねえ」

「だったらなんですかね」

勇七にいわれ、文之介は考えこんだが、すぐに鬢をがりがりとかいた。

「駄目だ、なにも出てこねえや」

勇七は少し残念そうな顔をしている。

夜が明け、少しは明るくなった。それとは逆に、上空の雲は風に乗って激しく動いている。まるで、打ち壊しに吸い寄せられて集まってくる民衆のようで、みるみるうちに雲の群れが重なり合って厚みを増してゆく。やがて雨が降りだした。大粒ではなく、しとしとと体にまとわりつく降り方だ。

「文之介、行くぞ」

鉢巻についた雨粒をぬぐい取って、吾市が声をかけてきた。

見ると、ちょうど大門があきはじめたところだった。

「はい」

文之介は素直に答えた。懐から取りだし、十手《じって》をあらためる。

果たして今日はこいつを使うことになるのだろうか。

いくら暴徒と化すかもしれないとはいえ、町人を殴りつけるような真似はしたくなかった。

「皆の者、ご苦労」

かつかつと馬蹄《ばてい》の響きがし、朗々とした声がきこえてきた。

なんだ、と文之介は顔をあげた。ざわめきがさざ波のように広がっている。

町奉行の筒井和泉守が馬に乗っていた。小者が轡《くつわ》を取っているが、馬上の姿はなかなかさまになっていた。

「わしも行く。皆、張り切ってくれい」

大声を発すると、奉行所の者たちはいっせいに右手を突きあげた。

一気に雰囲気は盛りあがったが、ここは冷静にならなきゃいけないときではないのか、と文之介は思った。

町奉行所の者が熱くなってどうするんだ。

「出動」

筒井和泉守が馬上で采《さい》を振る。ばさっと音がし、捕り手たちは動きだした。

打ち壊しが本当にはじまったか、はじまろうとしているのだ。あり得ることと知ってはいたものの、まさか自分がその場に向かうときがやってくるなど、文之介は思いもしなかった。

やってきたのは、箱崎町《はこざきちょう》だ。この町に、おびただしい群衆が斧《おの》や棒きれなどを手に集まっているという話だった。

今にも襲われようとしている米問屋は、春井屋《はるいや》という大店《おおだな》だった。

「春井屋っていうと確か――」

走りながら文之介は勇七にいった。

「ええ、そうですね」

勇七が思わせぶりに返してきた。

「噂のある店の一つですよ」

文之介は暗澹《あんたん》とした。まさか奉行は春井屋を守るために、自ら出張《でば》ることを決意したのではないか。

春井屋は、米の買い占めをし、米価のつりあげを計っていると目されている米問屋である。筒井和泉守の内与力の二松四郎左衛門が奉行の代わりに動きまわっているときく。かなりの金がすでに筒井和泉守のもとに流れこんだという話もある。

文之介たちは春井屋のそばまでやってきた。幸いなことに、といっていいのか、まだ打ち壊しははじまっていない。

事前にきいていた通り、本当にたくさんの人がいた。さまざまな店が並ぶ道は広いが、その道に一杯の人がおり、文之介たちはなかなか春井屋の前に進むことができない。打ち壊しを見に来た野次馬もまた多いようで、わざと文之介たちの邪魔をしているとしか思えない者たちもいた。

「番所の連中が来たぞう」

男の野太い叫び声が響き渡った。

群衆がいっせいに耳をそばだてたように文之介には見えた。

町奉行の乗ってきた馬のひづめの音が、あたりにこだまする。

「やれえ、今のうちだ」

甲高い声がし、そうだ、やるぞ、大塩さまのお出ましが見られるぞ、と群衆からも声があがった。

人の群れが波に押される砂のように動き、春井屋の前に殺到した。ついに打ち壊しがはじまったのだ。

春井屋はさすがに大店だけに、店の戸は厚みがあり、がっしりとしているが、斧や大黒柱にできそうな太い木をぶつけられてはひとたまりもなかった。

あっという間に戸は壊された。蔵におさめきれなかったらしい米俵が土間にところせましと置いてある。

それを見て、群衆から叫び声があがった。

「運びだせ」

群衆が春井屋のなかに次々に入ってゆく。米俵が斧で叩き割られる。音を立てて米が土間に流れだす。どこから持ってきたのか、大八車《だいはちぐるま》を店の前につけ、米俵を積んでゆこうとする者もいた。

「はやく取り押さえよ」

悲鳴のようにいって、筒井和泉守が馬上で采を振る。

それに応じて文之介たちは動いた。春井屋の前にようやくたどりつき、群衆を店の外にだそうと試みはじめた。

「とめるなあ」

激高した一人の男が文之介に殴りかかってきた。文之介はよけ、投げを打って男を地面に転がした。怪我はしていないはずだ。

「野郎っ」

怒号して、別の男が文之介に突っこんできた。頭に血がのぼりすぎ、まわりが見えていない。むろん、文之介が何者かもわかってはいない。

文之介はこれも投げ飛ばした。むろん加減を忘れない。

勇七も男たちを柔《やわら》の技を使って、外にだしている。一人も怪我をさせていない。さすがにうまいものだ。

しかし殴りかかってくる者や突っこんでくる者は、限りなく感じられた。妙なものを感じて、文之介はうしろを振り返った。

春井屋のなかに入りこんでいる奉行所のものは、まったく少なかった。ほとんどの者が及び腰で、刺股《さすまた》や突棒《つくぼう》、袖搦《そでがらみ》など三つ道具を持っているが、構えて声を張りあげているにすぎない。捕物の際のいつもの光景が、またも繰り返されているのだった。

感心なことに、吾市や砂吉は激しく男たちとやり合っている。吾市は容赦なく十手を使っていた。やはり手加減はしているようだが、それでも殴られた者はたまらないだろう。もんどり打って土間に倒れたり、崩れ落ちたりしてゆく。あれでは、医者のもとへ即座に運びこまれることになるはずだ。

桑木さまが買っているのは、あれなんだろうな、と文之介は思った。

そのとき、文之介は異様な音をきいた。大きな虫の羽ばたきを思わせるもので、ぶーんというものだった。大気を裂いている音というのはわかったが、正体がなんなのか、わからなかった。

今のはなんだ。

文之介は外を見た。勇七も同じ方向に首をまわしている。

春井屋のなかにいる群衆も米を奪う手をとめ、そちらを眺めていた。それだけ異様な音だった。

あっ。

驚いたことに、筒井和泉守が背をそらせるや、いきなり落馬したのだ。体が地面に叩きつけられる鈍い音がきこえた。

筒井和泉守のそばにいた者が、異常を覚った。

「御奉行っ」

「どうされましたっ」

「大丈夫にございますか」

悲鳴のような声がいくつも文之介の耳に届いた。

「はやく医者を」

「近くに医者はいるのか」

「戸板《といた》を持ってこい」

怒鳴るような声が交錯する。

文之介は、自分の目が信じられなかった。筒井和泉守が馬から落ちたこと自体もそうだが、胸に鏃《やじり》が突きだしているように見えたのだ。

あれは背中に刺さった矢が、突き抜けたのではないか。

どこからか放たれたのだ。

文之介は春井屋を出て、向かいの商家の屋根を見た。立派な扁額《へんがく》がのっており、それには大谷屋《おおたにや》と記されていた。

だが、屋根には誰もいない。それらしい人影は見えなかった。

「勇七っ」

呼ぶまでもなかった。すでに勇七は文之介のそばにいた。

「行くぞ」

文之介は土を蹴り、大谷屋の横の路地に駆けこんだ。

人けのない路地を一気に駆け抜け、裏にまわる。

細い通りになっていた。商家の高い塀が立ち並び、庭の深い木々も相まって、薄暗さが感じられた。そこかしこから間隙《かんげき》を縫うように陽が射しこんでいたが、そこには静寂が朝の光と入りまじっているだけで、人影などまったく見えなかった。

文之介と勇七は、筒井和泉守を矢で射《う》った者を探しまわった。

あれでは駄目なのではないか。

文之介は思った。

あんなに太い鏃が体を突き抜けて、人が生きていられるはずがない。それにしても、でかい虫の羽ばたきのようなあの音。あれは鏑矢《かぶらや》というものではないのか。

鏑矢など、源氏と平氏の昔の話ではないのか。どんなに時代がくだっても、戦国までだろう。

鏑矢を使ったということに、なにか意味があるのか。

きっとあるにちがいない。

しかし、と文之介は歯を食いしばるように思った。町奉行が殺される。こんなことが、これまであったのだろうか。

あるはずがない。その瞬間を自分は目の当たりにしてしまった。

なんてことだろう。そんな光景は、一生、目にしたくなどなかった。

御奉行は、あの場所におびきだされたのだろうか。

その通りだろう。賊は大谷屋の屋根の上にのぼって待ち構えていたのだ。群衆に春井屋を襲わせるように仕向ければ、町奉行自らのこのことやってくるのを知っていたのだ。

はなから筒井和泉守を殺すのが目的で、大塩平八郎の噂を流したのだろうか。

そうに決まっている。

つまり賊は、春井屋と筒井和泉守の関係を知っていたということになる。

筒井和泉守が豪商と結託して米の買い占めを計っているのではないか、という噂は今のところ、町奉行所内だけに流れているものだ。

だが、すぐにでも町人たちのあいだに漏れ流れてもおかしくないところまできていたはずだ。

知るのは、それほどむずかしいことではなかったかもしれない。

そんなことを頭のなかで考えつつ、文之介は賊の姿を求めた。

だが見つからなかった。

御奉行はどうしただろう。

気になって、勇七とともに春井屋の前に戻った。

すでに誰もいなかった。町奉行所の者だけでなく、道をふさぎ、獲物にたかる蟻《あり》のように集まっていた者たちは、宙に吸いこまれでもしたかのようにいなくなっていた。

春井屋からは米俵が一つ残らずなくなっていた。騒ぎがおさまり、なかでじっと息をひそめていた奉公人たちが外に出ていた。みんな、呆然としていた。

「文之介」

横合いから呼ばれた。

見ると、鹿戸吾市が近づいてくるところだった。砂吉がしたがっている。

「みんな、帰っちまった。文之介、俺たちも帰るぜ」

「鹿戸さん、待っていてくれたんですか」

「馬鹿をいえ。どうして俺がおめえを待たなきゃいけねえんだ」

「はあ」

「でもな、文之介、見直したぜ」

「なにがです」

「御奉行の命にしたがって春井屋に突っこみ、男たちをぶん投げていたおめえの姿は、なかなかかっこうよかった」

文之介はにっこりと笑った。

「それがしなどより、鹿戸さんのほうがずっとかっこうよかったですよ」

「そんなのは当たりめえだ。勇七、ぐずぐずしてねえで、さっさと戻るぜ。御奉行のことが心配だからな」

「落馬されたあと、どうなったんですか」

「戸板で医者に運ばれたようだが、詳しいことは知らねえ。番所に戻れば、わかるんじゃねえか」

旦那、と砂吉が吾市を呼ぶ。

「なんだ」

「あの煙はなんですかね」

「煙。どれだ」

文之介と勇七も、砂吉が指さすほうを見やった。

探すまでもなかった。そんなに遠くない場所に、黒と白、灰色が混じり合った煙がもくもくとあがっている。煙の上のほうはすでに低い雲にぶつかり、境目がわからなくなっていた。

ほう、と吾市が嘆声を漏らす。

「ずいぶんとぶってえ煙だな。火事か。それも相当でかい建物だな」

「鹿戸さん、あれは南町奉行所のほうではありませんか」

「なに」

吾市が見直す。

「本当だ」

文之介は、勇七の顔色がはっきりと変わったのを見た。自分もそうであるのをすぐに覚った。

「文之介、ぐずぐずしてるんじゃねえ。行くぜ」

血相を変えた吾市が走りだす。砂吉があわてたようにうしろにつく。

文之介は勇七とともに続いた。

四

町人たちがわいわいと騒いで、激しく行きかっている。奇声をあげて走りまわっている者もいる。ぶつかって、喧嘩《けんか》になりそうな者たちもいた。

「旦那さま、なんだかずいぶんと騒がしいですねえ」

藤蔵の供をつとめている一之助がのんびりといった。

「一之助、おまえ、昨日の藤沢宿でのことをもう忘れてしまったのかい。御牧さまと手前が風呂できいた打ち壊しの噂のことを話しただろう」

藤蔵が責める口調でなく、穏やかにきいた。一之助を手塩《てしお》にかけて鍛《きた》えようとしているのがはっきりと伝わる。

「もちろん覚えています。でも手前には、なんだか町の様子が打ち壊しとはちがうような気がしてならないんです」

「どういうことだ」

同じことをなんとなく感じていた丈右衛門はすぐさまたずねた。

はい、と一之助がいった。

「もしかすると、打ち壊し以外でなにか起きたのではないか、という気がしてならないのです」

「打ち壊し以外というと」

一之助が眉根にくっきりとしたしわを寄せて、首を振る。

「申しわけないですが、手前にはわかりかねます」

丈右衛門は微笑した。一之助がまぶしげな顔をする。

「別に謝ることなどない。わしにもわからんのだから」

「さようですか」

「でも御牧さまも一之助と同じことをお考えになっているのでしたら、本当にたいへんなことが起きているのかもしれません。御牧さまはもちろん、この一之助もかなり勘がよい男ですので」

やはりそうなのか、と丈右衛門は思った。一之助は探索に向いている。探索でなにが最も大事かといえば、それは勘のよさなのだ。直感が働かないと、どんなに必死に動きまわっても下手人はおろか、手がかりにもたどりつけない。その上に、さらに思案する力や推察する能力がないといけない。一之助がそこまでの才覚や力量があるかはわからない。その前に、このかわいがりようでは、藤蔵が手放しそうもない。

丈右衛門は、ふと行く手の空に煙があがっているのを見た。朝からずっと曇天で、細かい雨が降ったりしたが、今はあがっている。降りそうな気配はない。やや黒みを帯びた煙は厚い雲に吸いこまれ、黒さを消され、灰色になっていた。

「火事でしょうか。あれはどのあたりでしょう」

藤蔵が手をかざしていう。

「もう鎮火しているような煙にも見えますけど」

「火はおさまっているようだな。どうやら数寄屋橋《すきやばし》のあたりのような気がするな」

「数寄屋橋といいますと、南の御番所のすぐ近くではございませんか。まさか、御番所が燃えたとおっしゃるのではないでしょうね」

「そのまさかかもしれん」

ええっ、と藤蔵が絶句する。見る間に顔色が変わった。一之助を呼ぼうとしたが、とどまった。すでに一之助は行きかう男の一人をとめ、話をきいていたからだ。

一之助が早足で丈右衛門たちのもとに戻ってきた。話をきいた男の興奮が移ったように、頬に赤みが差している。

「御牧さまのおっしゃる通りです。南の御番所が焼けたそうです。数寄屋橋のあたりは野次馬でごった返しているそうです」

「御牧さま、まいりましょう」

「うむ」

丈右衛門は走りたかったが、我慢した。お勢をおぶっているということもあったが、藤蔵の体がまだ決して本調子ではないというのが主な理由だった。藤蔵は牢《ろう》に長いこと、入れられていたのだから。

箱根からここまで来るのにも相当疲れているはずだ。駕籠《かご》や馬を使うように何度もいったが、藤蔵はただ笑うだけでついに歩き通したのである。

「一之助、おまえは先に行って様子を見てきなさい。手前たちはあとから追いつくから」

よろしいですね、というように藤蔵が丈右衛門を見る。丈右衛門に否やがあるはずがなかった。

一之助が走りだす。足がはやい。あっという間に、騒然としている町人たちのあいだに入りこんでゆく。姿は大気に溶けこんだかのように見えなくなった。

丈右衛門は、はやいな、とつぶやいた。

「気が利くし、いい奉公人になるだろうな」

「はい、手前も望みをかけております。せがれの右腕になってくれたら、と願っています」

丈右衛門が一之助のことを買っているのは気づいているだろうが、そのことには触れなかった。

「藤蔵、安心しろ」

丈右衛門はいってやった。

藤蔵がきょとんとする。

「一之助のことだ。別におまえさんから取りあげようと思っておらぬゆえ、安心しろといっているんだ」

「さようにございますか」

藤蔵が胸に両手を当て、心から安堵《あんど》したという表情を見せる。

「いつ御牧さまがいいだされるか、はらはらし通しでございましたが、胸のつかえが取れました」

丈右衛門は声をあげて笑った。

「相変わらず大袈裟な男だ」

数寄屋橋近くまでやってきた。

人はもっと多くなり、まるで祭礼の日の永代橋《えいたいばし》のように混雑している。

数寄屋橋御門をくぐる。さらに人は多くなった。これでは一之助には、まず会えないだろう。

丈右衛門はお勢をおぶい直し、お知佳の手をしっかりと握った。うしろを見ると、藤蔵が必死の面持ちでついてきていた。

「大丈夫か」

声をかけると、藤蔵は笑みを見せた。つくったような笑いで、やはり疲れは隠せない。

しかし、いくら疲れているといっても、こんなところに藤蔵を置いてゆくわけにはいかない。

「旦那さま」

横から声がし、一之助の顔が人の壁のあいだからのぞいた。

「おう、一之助」

藤蔵が喜びの声をあげた。丈右衛門も、よかったと思った。

「どうだった」

藤蔵が一之助にたずねる。

「ここまで来てしまえば、ご自分でご覧になったほうがよろしいとは思いますが、やはりひどいものです」

ちらりと丈右衛門を気にして、一之助が説明する。

「南の御番所のなかには入れませんが、全焼といっていいと思います」

「そうか」

覚悟していたことといっても、まさか自分が生きているあいだにそんなことが起きるなど、夢にも思っていなかった。丈右衛門は顔をゆがめた。

「あの、実はそれだけではないのでございます」

一之助がすまなそうに口にする。

「なにかな」

まさか慣れ親しんだ町奉行所が焼けた以上の衝撃を受けることはあるまい、と踏んで、丈右衛門は穏やかにたずねた。

一之助が静かに告げた。

「なんと」

丈右衛門は言葉を失った。まことか、と一之助に問おうとして、とどまった。一之助は噂をきいたにすぎまい。本当かどうか、まだ完全には知らないはずだ。

丈右衛門は息を一つ入れ、心を落ち着けた。

「一之助、それは誰からきいた」

「はい、男の人、三人にききました。三人とも同じことを口にしました」

「三人とも、御奉行が矢で射られ、亡くなったと申したのだな」

「はい」

それならば本当かもしれぬ。

とにかく、自分で確かめたい思いに駆られた。

「おぬしはここで休んでいろ」

藤蔵を人のあまりいない堀沿いに、肩を抱くようにして連れてきて丈右衛門はいった。

「えっ」

藤蔵が信じられない言葉を耳にするというように、目をみはる。

「一之助、藤蔵から目を離すなよ」

「は、はい」

「どうして手前はここで休まねばならないのですか」

丈右衛門は藤蔵ににこりと笑いかけた。

「ひどく疲れているからだ」

「疲れてなどおりません」

藤蔵がいい張る。

「疲れているさ。顔色がちと悪い。しばらく休んだほうがいい。いいか、藤蔵。焼けた番所はすぐには再建されまい。気になるのだったら、この騒ぎが一段落したときに見に来ればいい」

丈右衛門は目をじっと見て諭した。

「どうだ」

藤蔵が深くうなずく。本当に自分のことを案じていってくれているというのが、伝わったようだ。

「承知いたしました。御牧さまのおっしゃる通りにいたします」

「それでよい」

丈右衛門はお知佳を見た。

「そなたはどうする。疲れておらぬか」

お知佳は、疲れておりません、といった。

「一緒に連れていってくださいませ」

丈右衛門は妻の顔色を見た。足弱だけに疲れていないというのはいいすぎだろうが、顔に疲労の色は出ていない。

「よかろう」

丈右衛門は藤蔵と一之助にうなずきかけてから、お知佳の手を引いて歩きだした。お知佳が二人に一礼する。藤蔵は、むしろ安心したような顔で、丈右衛門たちを見送った。

やはり動かずにいるのは楽なんだろうな、と丈右衛門は思った。

丈右衛門は南町奉行所の前にやってきた。江戸中の者が老若男女を問わず集まったかのようで、大門の前でまさに押し合いへし合いしていた。大門は少なくとも燃えていなかった。

なかに入るのは無理のようだ。文之介はどうしているのか。気になっている。顔を見たかった。

しばらく丈右衛門はそこにいた。

夕方になり、暗さが忍び寄ってきても、群衆はそこを動かなかった。波のように、大門の前で寄せたり引いたりを繰り返していた。

「帰ろう」

丈右衛門はお知佳にいって、きびすを返した。

藤蔵がいる場所に戻る。

「御牧さま」

藤蔵が一之助の腕を振り払うようにして、駆け寄ってきた。

「いかがでしたか」

丈右衛門は首を横に振った。

「なにも見えなかった。それで引きあげてきた」

「さようでございましたか」

「今宵、文之介に詳しい話をきいてみようと思う」

丈右衛門は暮れゆく空を見あげた。かもめらしい鳥が一羽、海のほうに向かって飛んでゆく。風に乗ったか、つと高さをあげた。かもめは、厚い雲に飲みこまれるように消えていった。

それが、町奉行の筒井和泉守の魂が天に向かっていったかのように感じられ、胸が潰れるような思いがした。

筒井和泉守はいろいろと金に関わる汚さなどをいわれたが、町奉行としては有能で、丈右衛門はきらいではなかった。

なにより、最後の二十年近く、ずっと仕《つか》えたといっていい男なのだ。

矢で射殺《いころ》されたときいて、悲しくないわけがなかった。

「御奉行は誘われたのではないでしょうか」

深夜、ようやく屋敷に戻ってきた文之介がいった。

その理由を、丈右衛門はきかされた。いちいちもっともと思えた。それにしても、自分の留守中、同僚だった本山七之進が斬殺《ざんさつ》され、さらには又兵衛までも襲われたことを知って、丈右衛門は心の底から悲しみと驚きを覚えた。

お知佳のいれてくれた茶を喫《きっ》した。お知佳も丈右衛門につき合って、文之介の戻りを待ってくれていた。

文之介はさすがに疲れきった様子で、目を細めて茶を飲んでいる。その姿は、幼い頃、もらった飴《あめ》をうれしそうになめているのとさして変わらなかった。

こんなときだが、丈右衛門は心が和《なご》んだ。

「となると、大塩平八郎の噂は故意にまき散らされたことになるな」

まじめな顔をつくっていった。

「はい」

答えた文之介が悔しそうな顔になる。

「同心、与力と狙われたら、次は御奉行と考えねばいけませんでした」

がくりと肩を落とした。

「気に病むな、文之介」

丈右衛門は励ました。

「いいか、すぎてしまったことをくよくよ考えても仕方ない。文之介、顔をあげろ。御奉行や本山どのの供養は、下手人を挙げることしかないのだぞ」

五

一夜たったが、いまだに白い煙が各所からあがっている。焼け残った柱や梁《はり》は、近づくと熱を感じる。

しかし、こんなことってあるものなのか。

文之介は力なく首を振った。

昨日、奉行所が激しく炎を噴いているのを目の当たりにしたにもかかわらず、今日もまた呆然とするしかない。

昨日まであった町奉行所の多数の建物は、ほとんどすべて焼け落ちてしまった。残っているのは、大門と中間長屋、厩《うまや》、女中部屋のある建物くらいだ。

あとはぐるりをめぐる塀《へい》だ。塀は焼けこげた跡が残っているくらいで、燃え落ちるようなことはなかった。

牢は燃えた。入れられていた者は火事のあいだ牢役人によって外にだされたが、伝馬《てんま》町《ちょう》牢屋敷と異なり、もともと罪人の数が少なく、解き放たれるようなことはなかった。ずっと牢役人が監視していたとのことで、逃げれば斬るという言葉も効いたようだ。一人として牢役人が本気かどうか、確かめようとした者はいなかった。

文之介は、すっかり広くなってしまった空を見あげた。大門から見ると、西の空が特に広がった。夕暮れの際は、西日がきつくなるのは確実だ。

広くなったのは空だけではない。見晴らしもよくなった。今まで見えなかった屋敷や商家の蔵などが、くっきりと見えるようになった。

だからといって、喜びなど心のどこを探してもない。

昨日は雨が降り、風が吹いていたが、今日はまぶしいくらい晴れあがり、風は死んだように凪《な》いでいる。昨日は強い風に火が乗り、次々に建物は延焼していったのだ。

町奉行所の危機にたくさんの火消したちが集まったが、激しく噴きあがる炎とおびただしいまでの飛び火の前に、なすすべがなかった。誰もが目の前で起きていることが信じられず、むしろ気抜けしてしまっているかのように見えた。

しかも町奉行の筒井和泉守までもが殺されてしまった。

すぐに新しい町奉行が任命されるのはまちがいないが、どこで執務するのか。

それとも、当分のあいだ南町奉行は置かず、北町奉行が兼任することになるのか。

新しい建物はいつ建てられるのだろう。同心詰所は焼けていないから自分たちは同じところにいられるだろうが、ほかの者たちはどこに行くのだろう。

北町奉行所に間借りすることになるのか。それとも、どこか空いている広い屋敷を仮の町奉行所として使うことになるのか。

いずれにしろ、避けられないことが一つある。

権威の失墜。

それは江戸の町人に植えつけられてしまったにちがいない。

町奉行所などたいしたことはない。やり放題やれる。

江戸の者たちが町奉行所をなめはじめたら、これまで長いこと保たれてきた江戸の治安はきっと乱れることになろう。

それだけは避けなければならないが、もはやそれを止めるすべはないのではないか。

今日からは、どんな江戸が待っているのだろう。昨日までとはがらりとちがうのだろうか。

文之介は奉行所の焼け跡を、大門から見てそんなことを考えた。

そんなことはない、と信じたかった。江戸に住んでいるのは、ほとんどが善良な者たちだ。

町奉行所がたいした力を持っていないことが昨日の一件で暴露されたといっても、もともと町奉行所がひじょうに少ない人数で江戸の治安を守っていたことは、誰もが知っている。

南北両奉行所で与力はおよそ五十騎、同心は二百四十人、合わせて三百人弱しかいないのだ。

それで江戸のような巨大な町の治安を守るというのは奇跡でしかない。実際に江戸の平和を担ってきたのは、町内の横のつながりだろう。公儀は江戸の町々を守る者を任命し、自分たちの力で町を守るように常にいってきた。まかせた以上、公儀が口だしすることはほとんどなかった。町にまかせておいたほうがよい結果を生むことを、知っていたのである。

だから町奉行所がその無力ぶりをさらしたとしても、町人たちに気持ちの変化があるかというと、疑問なのだ。これからも江戸の町人たちは、自分たちの町は自分らで守るという姿勢を崩すことはないと思える。

それにしても、やってくれたな。

文之介はあらためて焼け跡を見て、唇を嚙《か》み締めた。

奉行所が燃えたのは、文之介の留守中に火が放たれたからだ。

これも賊の仕業だ。昨夜、丈右衛門がいっていたが、町奉行を殺すことと町奉行所を燃やすことはひとそろいになっていたのではないか、とのことだ。

筒井和泉守を殺した賊は、町奉行を殺すだけでは飽きたらず、奉行所を燃やすこともしたのか。

三年前の大坂の大塩平八郎は、町奉行を殺そうとしてしくじった。学塾の洗心洞の門人に幕府の間者《かんじゃ》がいたといわれ、その密告によって企ては失敗に終わったようなのだ。その轍《てつ》を踏む気はなかったというわけなのか。

とにかくやつらの企ては成功した。今頃、高笑いをしているのか。

だがな、と文之介はまだ見えない賊に向かって語りかけた。

きさまらはやりすぎた。なにが狙いか知らぬが、明らかにやりすぎた。ここまで調子に乗るべきではなかった。

必ずとっつかまえてやる。首を洗っておくことだな。

文之介は、目の前に引き寄せた男の顔にはっきりと告げた。

脳裏に描かれた者に顔はなく、頭巾をかぶっていた。又兵衛を襲った二人の侍だ。

あの二人は、今回の一件と必ずつながりがある。まちがいなく一味だ。

背後に人の気配がした。振り向くと、勇七が立っていた。

「旦那」

静かだが、決意のこもった声で呼びかけてきた。

「必ずとっつかまえてやりましょう」

文之介は微笑した。

「今、それを誓ったばかりだ」

それをきいて勇七がにっと笑った。すぐに表情をまじめなものにする。

「旦那、御奉行を亡き者にし、御番所を焼き払った者どもをとらえるのは、あっしらですよ」

文之介は踏みだし、勇七の肩をやや強く叩いた。

「まかせておけ。そのことは肝《きも》に銘じてあるから」

文之介と勇七は探索に出かけようとした。

今、特に気にかかっているのは、調べようとしてそのままになっている祭蔵のことだ。

生きているにもかかわらず卒中で死んだことにして自らの葬儀を行った男。

その葬儀の最中、祭蔵は本当に刃物で殺されてしまったが、どうしてか葬儀の見える路地にいた。最初、文之介たちはそれを、葬儀に参列する人たちを見ることで、一人楽しんでいたのだろうと断じていたが、実は破れ寺の礼勉寺で見た者が祭蔵の知り合いで、それを確かめようとしていたのではないか、との考えに至った。

祭蔵のことをもう一度調べることで、どうしてこんなまどろっこしい手立てを取ったのか、わかるのではないか、と思ったのだが、いまだに手をつけていない。

だから、まずそのことを調べようと大門の下を出ようとしたが、そのとき横から呼び止められた。

桑木又兵衛の小者だった。

小者によると、又兵衛は、執務部屋のあった建物が燃えてしまったために、とりあえず八丁堀の自分の屋敷を使うように命じられたのだそうだ。命じたのは北町奉行とのことだ。

文之介たち南町奉行所の者は、北町奉行所に対して競い合いの気持ちは強く持っており、決して負けるものかとの思いはあるが、北町奉行所のことを決してきらってはいない。

ときに同じ事件を一緒に探索することがあるし、捕物でも力を合わせることがある。互いにきらい合っていたら、仕事にならないのだ。

町奉行所が二つあるというのは、権力が一つに集中することを避けるだけでなく、二つの町奉行所を競わせるという狙いもあるのである。

文之介たちは座敷に通された。すぐに又兵衛が姿を見せた。

「文之介、勇七、よく来た」

又兵衛はうれしそうにしている。ただ、やはりやつれは隠せない。一睡もしていないのが知れた。

文之介もあまり眠っていないが、それでも二刻は寝た。それで疲れは取れたし、眠気もさしてない。

しかし、それは文之介の若さがなせる業で、丈右衛門と似たような歳の又兵衛に不眠は相当きついだろう。大丈夫ですか、と声をかけたかったが、そんなことをしても意味はまったくない。又兵衛には、当たり前だと一喝されるだけだろう。

「これからさらにたいへんになるだろう。だが文之介、勇七、がんばってくれ。わしもがんばるが、こういうときは若い者が引っぱるとなんとかなるんじゃないかって気がしている。とにかく文之介、勇七、御奉行を殺し、奉行所を炎上させた者をとらえてくれ。頼んだぞ」

「はっ」

又兵衛が苦笑し、軽く首をひねる。

「すまんな、情けないことにいまだに気が動転していて、なにをしゃべっているのか、さっぱりわからん。話していることに脈絡がないかもしれんが、二人とも辛抱してくれ」

文之介と勇七は小さなうなずきを控えめに返した。

「文之介、御奉行を殺した下手人、どう見る」

唐突にきかれたが、文之介はすぐに答えた。

「御奉行が春井屋の前におびきだされたのは、紛れもないことだと思います。御奉行と春井屋の関係を、下手人が知っていたことがやはり気になります」

「そうだな。米価つりあげの噂は、まだ奉行所にとどまっていた」

「外に出たということは考えられますか」

「むろん。噂が流れだすことをとめられる者はこの世に一人もいないだろう。しかし、下手人は奉行所内の者か、奉行所に関係している者と考えたほうが、いいのかもしれんな」

文之介は深く顎を引いた。もしかすると、奉行所内の者が筒井和泉守を殺したのかもしれないというのは、押し潰さんばかりの重みをもって胸に迫ってきた。

「桑木さま、御奉行のその噂ですが、どこから出たものでしょう。真実なのですか」

「どこから出たのか、真実なのか、正直わからん。だがわしは、真実だろうとは思っている」

又兵衛がかたく腕を組む。気づいたように顔をあげた。

「茶もやらんですまんな」

「いえ、どうか、おかまいなく」

いいのだ、といって又兵衛は家人を呼び、茶を持ってくるようにいった。

すぐに茶菓子とともに茶の入った湯飲みがもたらされた。

「菓子のほうはもらい物だ。遠慮せずに食べてくれ」

文之介と勇七は茶をもらった。甘みより苦みが先に立つ茶だったが、その苦みに品があり、実にうまかった。菓子も又兵衛が食べろというので、いただいた。干菓子《ひがし》だったが、ほんのりとした甘みがあり、ひじょうに美味だった。勇七はあまりのうまさに、びっくりしていた。

二人が干菓子を食べるのを、又兵衛は目を細めて見ていた。その顔は、孫を見守る祖父に似ていた。

「亡くなったお方を悪くはいいたくないが、御奉行はあまりに長くその座におられ、金に関し、腐っていらしたのは事実だ。とにかく出世という航路を乗り切るために、大船が必要だった」

「そのために米価のつりあげに手を染めはじめた」

「そうだ。米は我が国の基だからな、やはり最も儲《もう》かる」

「桑木さまは、御奉行の噂を誰からきかれたのです」

「厠だ。二月以上も前のある朝、わしは奉行所内の厠で、かがみこんでおった。そこであとから来た者が、小便をしながらそんなことを話していたのが、きこえてきたのだ。さすがに愕然《がくぜん》としたが、あの御奉行ならあり得ることと思った」

「その二人が誰か、わかりますか」

又兵衛がすまなそうに首を振った。

「いや、きいたのは声だけでな、わからぬ」

「噂のことを、誰かにお話しになったことはございますか」

「いや、ない。文之介はどうだ」

「それがしもございませぬ」

「うむ。勇七も同じだな。奉行所の者はそうなんだ。他者に漏らすような真似はまずせぬ。下手人が春井屋との関係を知っていた以上、下手人は奉行所内の者か」

「逆にきき取りをすれば、下手人は意外にはやく判明するかもしれませぬ」

文之介にいわれ、又兵衛が少し考えた。

「奉行所の者は、他者に漏らすことはまずない。だからこそ、他者に漏らした者はそうはおらず、しぼりやすいということか。だが、きき取りで正直に吐くものかな。しらばくれるのではないか」

「その者がこたびの犯行に関係しているのなら、まず吐くことはないでしょう。しかし関係していないのなら、その者がしゃべった相手が下手人ということになります。少なくとも、下手人に近い者ということにはなりましょう」

「なるほど」

又兵衛が深くうなずく。

「きき取りの件は、さっそく北町の御奉行に上申してみよう」

よろしくお願いします、というように文之介は頭を下げた。

「御奉行を貫いた矢ですが」

文之介がいうと、又兵衛は、それか、と口にした。

「今、北町奉行のもとにある」

「さようですか。――鏑矢だと思うのですが、まちがいありませぬか」

「まちがいない。今の世に鏑矢とは、畏《おそ》れ入る」

「父上から、鏑矢は魔を祓《はら》うために射られるときききました」

「その通りだ。昔はむろん戦場で使われた。いやな音をだすのは、文之介がいったように魔障を祓うためといわれている。ほかにも、敵勢を驚かすという意味もあるそうだ」

「魔障を祓うというのは、御奉行をこの世から除くという意をこめていたのでしょうか」

「御奉行が、魔そのものということか。うむ、あったかもしれぬ」

文之介は茶で唇を湿した。

「鏑矢ですが、これという徴《しるし》はありましたか」

矢にはそれぞれ大きな特徴があり、それで誰の矢かわかるときもあるのだ、と丈右衛門はいっていた。

「いや、あれはどこにでもあるものだと武具に詳しい者が申していた」

矢柄《やがら》は篠竹《しのたけ》、四つの節があった。矢羽根は四枚、鷲《わし》と雉《きじ》の翼の羽根と尾羽根が用いられていた。鏃は雁股《かりまた》と呼ばれ、二股にわかれた先の内側に刃をつけたものだった。長さは一尺弱。鏑は鹿の角でつくられ、目と呼ばれる音をだすための穴は三つ。

「こんな感じだが、まったくありふれたつくりとのことだ」

「さようですか」

文之介は考えこんだ。

矢が手がかりになりそうにないのなら、ほかになにができるか。

「内与力の二松四郎左衛門どのに、話をきかれましたか」

「ああ、きいた。しかし、どうしてあるじが矢で射殺されねばならぬのか、心当たりはなにもないそうだ」

「さようですか」

「会いたいか」

「できますれば」

「しかし、今は駄目だな。わしも無理にききだした。それがたたったということもあるまいが、臥《ふ》せている」

「そうでしたか」

かなさそうだ。

ならば、と文之介は思った。一つ考えていたことがあったが、どうやらそれをやるし

「それがしは勇七とともに、これから大塩平八郎の噂の出どころがどこだったのか、調べることにいたします。桑木さま、よろしいでしょうか」

火のない所に煙は立たぬ。火をおこした者は必ずいる。

「たいへんだぞ。やれるか」

「やり抜こうと思っています」

大塩平八郎の噂を誰からきいたか、一人一人、潰してゆくつもりでいる。気が遠くなりそうだったが、やるしかない、と文之介は決意している。

「そのあたりは、さすがに丈右衛門のせがれだけのことはある。顔に出ている粘り強さをあらわす色は、まったく同じぞ」

がんばってくれ、と又兵衛が心からの励ましをくれた。

「わしは、南町奉行所の者のきき取りをするよう、北の御奉行に申しあげてくる」

文之介は勇七とともに又兵衛の屋敷を辞し、さっそく大塩平八郎の噂がどこから出てきたか、調べはじめた。

しかしわかっていたとはいうものの、苦戦を強いられた。噂のもとを突きとめるのは、至難《しなん》の業《わざ》だった。

だが、又兵衛にも宣したように、やり遂げるしかない。がんばりましょう、と勇七も気持ちが奮い立つようにいってくれる。

大塩平八郎といえば、王学の徒だった。

文之介と勇七は王学の学塾もめぐってみた。

だが、なにも手がかりは得られなかった。

六

筒井和泉守。

長年仕えた町奉行。

丈右衛門は、二十年近くも上にいただいていたのに、筒井和泉守のことをあまり知らないことに愕然とした。

知っているつもりで、ほとんど知らなかった。

ならば、調べてみるか。

丈右衛門は決意した。

なにを調べるべきか。

まずは経歴だろう。

これについては、調べるのにさして苦労はなかった。

五十九年前に、千五百石の旗本《はたもと》渡辺太郎右衛門《わたなべたろうえもん》の三男として生を受ける。

七歳のとき、次男の兄が病死。

十二歳のとき、千二百石の旗本筒井正之介《しょうのすけ》の養子となり、筒井家の跡取りとなる。

十六歳のとき、千代田城西丸に出仕し、将軍世子《せいし》の小姓《こしょう》となる。

十八歳のとき、正式に家督《かとく》相続、筒井家の当主となる。

同年、書院番《しょいんばん》となる。

二十四歳のとき、使番《つかいばん》に異動となる。

二十八歳のとき、目付《めつけ》となる。

三十九歳で南町奉行に就任。これは、目付をつとめているときの辣腕《らつわん》ぶりが評価されたもの。二千百石に加増。

その後、二十年にわたり、南町奉行をつとめる。

そして、と丈右衛門は思った。昨日、生を終えたというわけだ。

こうして一覧にしてみると、人の一生というのはかなりむなしいものがある。

自分の場合、一覧を書くのはもっとたやすい。

なにしろ生まれたのは町方同心の家で、しかも跡取りだ。

つまり経歴のほとんどは、定町廻り同心だった、それだけだ。

自分のことはどうでもいい。

しかし経歴だけでは見えてくるものは、なかった。

丈右衛門は次に筒井和泉守の人となりを調べはじめた。

こちらも、そうむずかしい仕事ではなかった。

性格はまずまず温厚。ときに激すると、手に負えないことがあった。妻に遠慮してか、それとも心から愛していたのか、生涯、妾は置かなかった。

子は四人生まれたが、すべて死んでいた。不審な死はなく、いずれも病死だった。三年前に兄の子を養子に迎えた。だが、まだ家督は譲っていなかった。

これが犯行の理由なのかと考え、丈右衛門は調べてみた。

だが、養子に迎えた子は、まだ八歳だった。兄の妾の子だった。筒井和泉守はこの養子をことのほかかわいがっていたようだ。必ず筒井家を継がせるつもりでいたようで、手続きもしっかり取っていた。

これなら、ときにごたごたがある家督相続もすんなり進むにちがいない。

実家の渡辺家を継いだ兄とも、うまくいっていたようだ。筒井和泉守の出世とともに、ずっと小普請組《こぶしんぐみ》だった兄にも役職がついた。西丸留守居役《るすいやく》というものだった。閑職といえたが、無役よりよほどいい。

筒井和泉守の趣味は刀剣集めだった。

ふむ、刀剣趣味か。

丈右衛門は引っかかるものを覚えた。

それがなんなのか、しばらく考えていた。

最近は、どうもこうだ。前ならさっと出ていたものが、頭の奥にしまわれたまま、なかなか取りだせない。

ようやく思いだした。

確か、殺された定町廻り同心の本山七之進は、旗本の浜北家から盗まれた刀の捜索をしていたのではなかったか。

このことは昨日、文之介からきいたばかりだ。

盗まれた刀は業物《わざもの》だった。文之介によれば、戦国の昔に山城国に住していた三条国長という刀工が打ったものだ。

三条国長なら、丈右衛門も知っていた。刀剣のことを少しでもかじったことがあれば、必ず知っている。すでに伝説になっている刀工である。

切れ味の鋭さと頑丈さで知られている。切れ味のほうは、川を笹《ささ》に乗って流れてきた羽虫が、流れに差してあった国長の刀に触れ、笹ごと両断された。それなのに羽虫はそれを知らず、飛び立とうとした。実戦でも鎧《よろい》や兜《かぶと》を苦もなく切り割ったという。

頑丈さのほうは、三条国長が家のそばにあった大岩に向かって毎日毎日愛刀を振るい続け、ついには真っ二つに割ってしまったにもかかわらず、刀には傷一つつかなかった。

売れば、五百両くらいは優に値がつくはずとのことだったが、好きな者はもっとだすかもしれない。

五百両というのは、安すぎないか。売る気になれば、優に八百両くらいになるのではないか。

三条国長はそんなに数を打たなかったといわれている。いくら江戸とはいえ、出まわることは滅多にあるまい。

盗まれた三条国長は、浜北家の先祖伝来の家宝ということで、きっと大事にされてきたはずだ。いまだに打たれた当初の姿を保っているのではあるまいか。

そういう刀なら、千両をだしてもいい、という者がいるかもしれない。米をはじめとして諸式が値上がりして、暮らしがきびしいといっても、そんなことはまったく関係ない金持ちはいる。そういう金持ちは、千両など、丈右衛門たちの一朱程度にしか感じないのではないか。

文之介は、本山七之進が店を持たない武具屋を調べていたという話を、浜北昌之丞からきいており、自分もそれを調べたいといっていたが、まだ手をつけていないようだ。

それならわしが、という気になるが、別の道を行ったほうがはやいような気がする。あくまでも勘にすぎないが、そのほうが正しく思えた。

襲われたといえば、友垣の桑木又兵衛もそうだ。

又兵衛は刀剣に興味はない。帯刀しているのも、裕福なのにまったくたいしたことのない刀だ。業物とは最もかけ離れているといっていい。

しかし、会いたい。久しぶりに顔も見たい。土産《みやげ》も渡さなければならない。

筒井和泉守のことを調べて、いったん八丁堀の屋敷に戻っていた丈右衛門は、妻に出かける旨を告げた。

またお出かけですか、とお知佳が笑っていった。だが、どこか寂しげな色は隠せずにいる。

すまぬな、と丈右衛門は思った。この借りは返すゆえ、待っていてくれ。

「すぐに戻る。近所に行くだけだから」

丈右衛門は屋敷を出た。

同じ組屋敷内だけに楽なものだ。これだけは奉行所が焼けてよかった、と不謹慎なことを思った。

又兵衛は手放しで迎えてくれた。

「よく来た」

玄関で幼い子のようにはしゃいだ。その姿を見て、丈右衛門は友垣というのは本当によいものだ、と心から思った。

「なんだ、よほどわしに会いたかったと見える」

「当たり前だ。まったく顔を見せぬゆえ、死んだと思っていたら、生きていた。これが喜ばずにいられるか」

「相変わらず口が悪い」

「生涯直るまい」

座敷に落ち着く。

熱い茶が出てきた。猫舌の丈右衛門は手をだせなかった。

「すまぬ。わざとだしたのではないぞ」

丈右衛門の猫舌を知っている又兵衛が謝る。

「わかっているさ。口は悪いが、おぬしは人はよい。意地悪をするような男ではない」

笑顔でいって、丈右衛門は又兵衛に小風呂敷に包んだ箱根土産を渡した。

「なんだ、これは。軽いな」

小風呂敷を又兵衛が振る。畳の上に置き、結び目をゆるめた。

なかから出てきたのは、小さな箱だった。

「これは寄木《よせぎ》細工か」

「そうだ。小物入れだ。それにしても、よく寄木細工を知っていたな。江戸を出たことがないくせに」

「江戸から出ぬといっても、寄木細工は何度か見たことはあるわ。どうやってあけるんだ、これは」

「教えぬ」

「なんだと。丈右衛門、おぬし、いつからそんなに人が悪くなった」

「もともとだ」

「それは知っておるが、教えぬとはひどいではないか」

「教えたくても、わしもわからぬ」

「なんだと。それではあかぬではないか」

「箱根に行けば、あけ方を教えてくれよう」

「行けるか」

「ならば、仕方ない、これを進ぜよう」

丈右衛門は袂《たもと》から一枚の紙を取りだした。

「説明書きだ」

「なんだ、こんなのがあるのか」

又兵衛がほっとしていう。説明書きを手に取り、順番通りに木を動かしてゆく。

やがて引出しがすっと飛びだしてきた。

「おう、よくできておるわ」

又兵衛が目を輝かせる。満面の笑みだ。

「安くはなかったであろう。ありがとう、丈右衛門」

「そんなに楽しそうにしてもらうと、わしもうれしい」

又兵衛が寄木細工を大事に簞笥《たんす》にしまいこみ、ていねいにたたんだ小風呂敷を返してきた。

丈右衛門は受け取り、懐に入れた。

「して、丈右衛門。足を運んだのは、土産を渡すだけではあるまい。こたびの一件に首を突っこむつもりでおるな」

「その通りだ」

丈右衛門はあっさりと認めた。自分が加わることを、むしろ又兵衛が喜ぶことを知っている。

「まずはなにを知りたい」

「一つでよい」

「ほう、そうか」

「刀剣に関し、なにか引っかかることがあるか。それだけだ」

「刀剣。殺された本山七之進が旗本浜北家から盗まれた刀のことを調べていたな。それと関係あるのか」

「御奉行も刀剣が趣味だった。知っていたか」

「初耳だ。まことか。いや、おぬしがいうのだから、まことに決まっているな」

「それでおぬしはどうだ。刀剣に凝ったことが一時あるというようなことは、ないのか」

「ない」

瞬時の間も置かず、断言した。

さすがにここまであっさりといわれると、丈右衛門は少し気が抜けた。

「少しは考えてくれ」

「わかった」

又兵衛が腕組みをし、下を向いてじっと考えこむ。

どのくらい考えていたものか。丈右衛門の前に置かれていた茶は、すっかり冷めてしまった。

だが、そのほうが丈右衛門にはありがたかった。

「すまぬ、丈右衛門」

顔をあげていった。

「思いだせぬか」

「それよりも始末が悪い」

「どうした」

「思いだしかけたのに、また忘れてしまった。歳は取りたくないの」

そうか、と丈右衛門はいった。

「落胆することはない。すぐに思いだすさ。桑木どの、よいか、焦るなよ。焦ると思いだせなくなる。気長に待てばよい」

「しかし、ことはおぬしの探索に関わることだぞ」

「なおさら焦らんでくれ。そのほうがありがたい」

「そうか、わかった。思いだしたら、すぐに使者を走らせる」

「頼む」

それで丈右衛門は席を立った。

「なんだ、もう帰ってしまうのか」

「ああ、調べたいことがある。おぬしも非番というわけではあるまい。非番など、当分ないか」

「まあ、そうだな。仕方あるまい、おぬしが帰るというのなら、仕事をするか」

「相変わらず仕事がきらいか」

「たわけたことを申すな。わしは仕事こそが生き甲斐《がい》よ」

「そんなことを申していると、隠居後が困るぞ。仕事を生き甲斐にするなど、やめたほうがよかろう」

「そうか。おぬしがいうのなら、やめることにしよう」

「信念がないな」

「あるさ」

又兵衛が人のよげな微笑を浮かべる。

この笑顔を見ると、丈右衛門はいつもほっとする。現役のときも、ずいぶんと助けられた。

この男がいたから、わしはずっとやってこられたのだ。

不意に感謝の気持ちで一杯になった。ありがとうといおうとした。

その前に、にやりとした又兵衛が口をひらいた。

「わしの信念はな、丈右衛門のいうことならなんでもきくというものさ」

第四章　位勝ち

一

死にたくない。

耕太は思った。

だが、もう駄目だ。それは、はっきりとわかった。

体がなにしろ自由にならないのだから。天井が見えているから、横たわっているのは知っている。体が自分のものでなくなってしまったように重い。まったく動けない。斬られるというのは、こういうことなのか。

「しっかりしろ」

医者がいってくれる。

「寝るな」

そうか、俺は目を閉じそうになっているのか。

心地よい。本当にこのまま眠れたらどんなに楽か。

「寝たら、死ぬぞ」

医者の声がきこえた。

「死にたいのか」

死にたくない。

耕太は答えた。

「死にたいのか、答えろ」

あれ、声が出てないのか。

本当にもう駄目だ。声が出ないなど、もう魂があの世に行きかけているのではないか。

やられちまった。やはり一人で仇討など、無謀だったのか。

「おい、おまえさん、名は」

医者がきいてくる。そうか、俺を寝かせないために問いを一杯浴びせてくるというわけか。

「耕太といいます」

「こうたか、いい名だ。どういう字を当ててるんだ」

耕太は伝えた。

「字もいいではないか。出はどこだ。江戸には故郷から出てきたんだろう」

医者が傷を手当しつついう。

「高畑村《たかはたむら》といいます」

「たかはた村か」

耕太は教えた。

「高畑村か。どこにあるんだ」

「箱根です」

「箱根か。箱根は一度、湯に入りに行ったことがある。村に温泉は出るのか」

「出ます。村人たちがみんな浸かる浴場がありました」

野良仕事のあと、必ず入った。みんなでわいわい、収穫のこと、女のこと、年貢のこと、遊びのこと、小田原のこと、江戸のことなどいろいろなことをいい合ったものだ。楽しかった。またあの日に戻りたい。

くそう。

「そうか、そんなものがあるのか。うらやましいな。いい湯だったろう」

「ええ、とても」

あの湯に入りたい。冬も夏もちょうどよい湯がこんこんとわいていた。気持ちよかった。あの湯に浸かれば、この傷などすぐに治ってしまうのではないか。

きっとそうだ。

帰ろう。すぐに帰ろう。

このお医者さんには悪いが、もう帰るってことをいわなくては。

「あの」

耕太は、帰りますといった。

「高畑村をどうして出てきたんだ」

きこえなかったらしく、医者は新たな問いを発してきた。

「襲われたんです」

「なんだって」

医者は腕に力が入ったようで、斬られた腹のところがずきりと痛んだ。

「すまん、痛かったか」

「はい」

医者がちらりと傷に目をやったのがわかった。まずいな、という顔をしている。

「襲われたって誰に」

「侍です。七人の」

「七人の侍が、おまえさんの村を襲ったのか」

「そうです。みんな、殺されてしまいました」

「みんなって、どういうことだ」

「皆殺しにされたんです」

「どうして襲われた」

「さあ。わけは今でもわかりません」

「侍は浪人か」

「わかりません。でも、ちがうような気がします」

「どうしてそう思う」

「身なりがよかったし、刀がいいものに思えたんです。それに、言葉から江戸の者であるのがわかりましたから」

「江戸には浪人が多いぞ」

「でも、わざわざ箱根まで徒党を組んでやってきて村を襲う浪人がいるとは思えません。金と暇がある者の仕業です」

なるほどな、と医者が逆らわずにいった。

「おまえさん、まさか江戸に仇討に出てきたのではあるまいな」

「そのまさかです」

「襲ったのが誰か、わかっているのか」

「わかりません。でも一人だけ探しだしました」

「もしや、そいつに返り討ちにされたのか」

「はい、残念ながら」

悔しさがこみあげてきた。せっかく見つけたのに、こんなことになっちまった。

傷が痛みはじめた。

「大丈夫か」

こんなことをきかれるということは、俺は顔をしかめているのだ。

「しっかりしろ」

痛みが消えはじめた。夢を見ているような気分になってきた。

「おい、目をあけろ」

耕太はその言葉にしたがった。天井が見えたが、ずいぶん暗くなっていた。

「どこで見つけた」

「なにを」

「仇だ」

この近くですよ。

「早くいえ」

なんだ、まだきこえていないのか。

「いうんだ」

だからこの近くですよ。

「おい、目をあけろ」

無理ですよ。もう眠たくてなりませんから。

底知れぬ暗がりに続く坂をゆっくりと転がりはじめたのを、医者の声が遠ざかってゆくなか、耕太ははっきりと感じた。

死にたくない。

また思ったが、転がってゆくのをとめることは、もはやできなかった。

「箱根の高畑村といったんですね」

文之介は、目の前の布団に横たわっている死骸から目をはずし、町医者の元斎《げんさい》にたずねた。

村の名にきき覚えがあるのは、藤蔵と一緒に箱根へ湯治に行った父が口にしていた村だからだ。

「文之介さん、知っているのかい」

元斎がきく。

「ええ」

文之介は、どうして知っているのか、いきさつを語った。

「ああ、お父上が」

元斎も丈右衛門のことはよく知っている。腕がよいだけでなく人として誠実な医者だけに、丈右衛門は検死を頼んでいた。ときおり文之介も依頼している。

「しかし、ひどいものですねえ」

元斎が慨嘆《がいたん》する。

「皆殺しだなんて、人のすることじゃありませんよ」

「まったくです。父上によれば、三十人以上の村人が殺されたそうですから」

「そんなに」

元斎が声を失う。

腹に刺し傷がある死骸は、まだ若い。名を耕太といったという。

高畑村の生き残りで、村人の仇討に江戸に出てきた。相手は侍が七人。

どうやらそのうちの一人を見つけたらしいが、返り討ちに遭《あ》ってしまった。

無念だったろうな。

文之介は必ず仇を討ってやる、と耕太に誓った。

横で勇七も同じ表情をしている。

「先生、どこで耕太を見つけたんですか」

文之介は冷静さを取り戻して、元斎にきいた。

「わしが釣りを好きなのは、存じておろう。小名木川でいつものように釣り糸を垂れていたんだ。そうしたら、どこからかうめき声がきこえたような気がした。こうべをめぐらしてみても、誰もいない。のんびりとした風が吹き渡っているだけだ。空耳だったかと思い、また釣りに集中していたら、またさっきと同じ声がきこえた。これは空耳ではない、と近くを探しまわったら、腹から血をだして倒れている男を草むらで見つけた」

「それでここまで」

「ああ。そばを歩いていた若者を、怒鳴りつけるようにして手伝わせた」

この先生らしい、と文之介は思った。怒ると、雷がいくつも集まったような大声をだすのだ。正直、体が震えるほどの迫力があり、その若者はきっとしばらく口もきけないほど怖かったのではないか。

「見つけたのはいつのことです」

「朝だ。まだ診療所をひらく前のことだよ」

「傷は何刻頃に与えられたものか、おわかりになりますか」

「だいたいはな。もう少し手当がはやければ、助かったはずだ。傷を負ったのは、昨日の夜のことだ」

「このあたりで斬られたとお思いになりますか」

「うむ、そう思う。耕太という男が倒れているすぐ近くの道に、赤黒い池のようなものの跡があった」

その場所を教えてもらい、文之介は元斎の診療所を出た。

小名木川沿いで、よく元斎が釣りをしている場所ならだいたいわかる。

「どうやらここだな」

文之介は、おびただしい血が流れた跡を見つけた。

「ここで耕太さんは、斬られてしまったんですね」

勇七が悔しそうに唇を噛んでいる。はっと気づいたようにあたりを見まわす。

「旦那」

「勇七も気づいたか」

「じゃあ、旦那はとっくに」

「そんなことはねえよ。勇七と似たり寄ったりだ」

「偶然ですかね」

「そんなことはねえ」

文之介はきっぱりと首を振った。

「まちがいなく関係あるさ」

文之介は目を一点に据えた。

そこには、例の破れ寺の礼勉寺の建物がある。

近い。ほんの一町ばかりしかない。

二

どうして高畑村だったのか。

確たる理由があるのだ。

高畑村には一度、行ったことがある。

そのとき母はどこからか逃げているところだった。

きっと父のもとから、このわしを連れて逃げようとしたのだ。

自分の故郷は、箱根のどこかの村だ。それがどこなのか、父親が誰なのか、今となっては知れない。

途中、空腹に耐えかねたわしが泣きだしたせいで、困り果てた母は、高畑村に忍びこんで食べ物を盗もうとした。大根かなにかだったはずだ。その光景は今もなんとなく覚えている。

しかし村人に見つかり、とらえられた。

打擲《ちょうちゃく》され、ひどい姿になって自分のもとに戻ってきた。

母は必死に歩きはじめたが、やがて泉で喉を潤したあと、ばたりと倒れ、そのまま動かなくなった。

死んでしまったと思わなかった。自分はそのまま母のそばを動かなかった。

どのくらいそこにいたのか。母の体はいつしかにおいはじめていた。夜、なにかの獣があらわれたことがある。うなり声を何度もきいた。怖かったが、そこを動かなかった。実際には、動けなかっただけだろう。

そのあと、何度も夜を経験した。

だが、そばを誰も通らなかった。腹が減ったが、喉の渇きは泉でなんとかなった。しかしもうなにも考えられず、いつも横になっていた。

このまま獣に食われても、痛みはないだろうな、とぼんやりとそんなことを思った。

そこに一人の旅の僧侶《そうりょ》があらわれた。

「どうした」

自分を見、それから母の死骸に目を移した。

「かわいそうに」

経を唱え、母の死骸を森の奥に引きずってゆき、軟らかいところを選んで土を掘り、埋めてくれた。

「道具がないので浅くしか掘れなかったが、遺骸を獣に食べられるようなことにはなるまい」

僧侶がいい、自分を江戸まで連れていってくれた。

寺での修行がはじまったが、あまり熱心ではなかった。修行はおもしろくなかった。

だが、もともと覚えははやく、僧侶としてやっていけるだけのものはすべて身につけた。

恩人の僧侶は俊暁《しゅんぎょう》といい、穏やかな人柄で、檀家《だんか》に慕われていた。盆栽が唯一の趣味で、寺に見物に来る者があとを絶たなかった。

俊暁和尚は、自分が寺に来てちょうど十年目に、病を得て死んだ。

俊暁に血縁はいない。ほかの僧侶もいない。自然、自分が寺を継ぐことになった。そのための手続きを、俊暁はすべて終えていた。感謝の思いしかなかった。

だが、自分はそれからすぐに脇道《わきみち》にそれはじめた。

武具に興味を持ちはじめたのも、その頃だ。最初は寺にあった槍を振ったときだった。ひじょうに気持ちよかった。こんなに気分のよいものがこの世にあるのか、と思ったくらい、新鮮さを感じた。

それから武具にのめりこんだ。

同時に、母親を殺した村のことがしきりに思いだされた。

何度か箱根に足を運び、どの村なのか、調べてみたが、ここだと断定することはできなかった。

しかし、それからも執拗《しつよう》に箱根には行った。村がはっきりするまで、箱根詣でをやめるつもりはなかった。

本山七之進を殺したのは、浜北昌之丞が所持している刀を盗みだしたのが、知られそうになったからだ。

あれは一度、三条国長の刀がどうしてもほしくなり、知り合いの武具屋に問い合わせたことがあったのだ。

武具屋は刀の研《と》ぎ直しをしたことがあるといい、そこがどこの家か教えてくれた。ただ、値は八百両は軽くするといったのだ。

その時点で買うことはあきらめた。だが、どうしてもほしいという気持ちは募った。

そこで浜北家に忍びこみ、盗み取ったのである。意外にも、そんな大層なところにしまわれておらず、刀架《とうか》にかけてあったから、こちらがびっくりした。武家というのは、伸びやかなものだなあ、と思ったほどだ。

本山七之進はその武具屋に行き、三条国長を探した男ということで、この寺にやってきたのだ。

非番のことで、身分は隠していた。だが、口の利き方に尋問慣れしているところがあり、すぐに正体は知れた。

八百両もすると知ってあきらめました、と答えたが、本山が信じたかはわからなかった。瞳がきらりと光を帯びたようにも見え、落ち着かない気分を味わった。

落ち着かない気分でいるのは、あまりいいものではない。その後のことにも差し障《さわ》りが出てくる。

だから本山七之進を殺した。

桑木又兵衛を狙ったのにも、理由はある。こちらは些細なことにすぎない。桑木又兵衛は、思いだすことなどないのではないか。

町奉行の筒井和泉守を殺したのは、もともとあの男を殺すことこそ狙いとしていた者がいたからだ。

春井屋など豪商とつながり、裏であくどいことをしているのを知ったのは、内与力の二松四郎左衛門のことを知ったからだ。

筒井和泉守は刀剣集めが趣味だったが、さして熱心ではなかった。

熱心なのは二松だった。あるじから教えてもらったのが、あるじを超える熱を帯びるようになったのだ。

二松は、どこで知ったのか、この寺にある寺宝の槍を、非番の際、見に来たことがある。俊暁和尚が残してくれた槍である。

見せたくはなかったが、拒むわけにもいかなかった。二松は一目見て、ほしがった。

だが、断った。当然だ。

だが、二松は粘った。金ならいくらでも用意するから。

「町奉行の内与力に、大金が用意できまするのか」

「できるとも」

いい放った。なにをしているか、二松は明言しなかったが、裏で悪事をしているのは、はっきりとわかった。

少し調べてみると、あっけなくなにをしているのか知れた。その噂が奉行所の外に漏れだささずにいるのが、不思議なくらいだった。さすがに奉行所の者は口が堅い、と思ったほどだ。

檀家の人たちが、米などの諸式が値上がりして苦しいとよくいっているが、元凶がそこにいたのだ。

だから、大塩平八郎の噂を持ちだして、筒井和泉守を誘い出し、殺した。あそこまでうまくいくとは思わなかった。

二松も殺すつもりだったが、二人同時に殺すのは、さすがに無理だった。

今、寝こんでいるとの話だ。いずれくたばるかもしれない。

自分の葬儀を行った祭蔵を殺したのは、礼勉寺での密談を迂闊《うかつ》にもきかれたからだ。

祭蔵は、納戸《なんど》の隣できき耳を立てていた。密談が終わって引きあげようとしたとき、物音が響いたのだ。

ちょうど自分は頭巾を脱いでおり、暗さのなか、顔を見られた。

こちらも向こうの顔を見た。あっ、と祭蔵の口が動いた。自分はすぐに頭巾をかぶったから見られていないのではないか、と思うのはたわけ者だ。

祭蔵が行ったのが偽りの葬儀であることを見抜くのは、密談をきかれた直後だから、造作もなかった。

祭蔵は、この寺によく盆栽を見に来ていた。俊暁和尚が丹精して育てた盆栽で、いずれも見事なものばかりだった。

盆栽に興味はなく、祭蔵と話をかわすことはなかった。

祭蔵は、密談をきいた日に目にした男が、この寺の住職であると、やはり確信がなかったのだ。本当はこの寺に来て住職の顔を確かめたかったのかもしれないが、そうする勇気がなかったのだろう。

偽りの葬儀を執り行い、読経を頼めば顔を拝むことができる。確信ができたら、寺社奉行なり、町奉行なりに駆けこむつもりでいたのだろう。

だから、自分のところに葬儀での読経の依頼がきたのだ。盆栽好きの祭蔵の遺言とのことだった。

狙いを見抜いていたから、殺すのはたわいもなかった。さすがに自分では殺せないから、他の者に頼んだ。

あっさりと殺してくれた。

胸のつかえがおりた気がしたものだった。

庫裏《くり》の入口のほうで、人の気配がした。

会の者たちが集まりはじめたのだ。前は礼勉寺の納戸を使っていたが、祭蔵のことがあってから、ここにした。

やってくるのは六人。自分とともに高畑村を襲った者たちだ。

全員がそろったら、今日は三条国長を披露するつもりでいる。みんな、どれだけ喜ぶだろうか。

高畑村を襲い、村人を殺したのは、六人が六人とも得物《えもの》を使い、人を殺してみたいといったからだ。

さすがに江戸の近郊でやるわけにはいかないのは熟知していた。

自分が高畑村を紹介すると、六人は目を輝かせた。

「和尚の母者を殺した村なら、なんの容赦もいらぬではないか」

そういってくれた。長年の努力が実り、高畑村が母親を殺した村であることがついにわかっていたのだった。

それで決行した。そのとき初めて人を殺したが、仇討という思いのためか、まったく後悔はなかった。

庫裏のほうの物音は続いている。次々に集まってきているのだ。

あまり待たせては悪い。

静かに席を立った。

三

又兵衛からつなぎがきた。使者がやってきたのだった。

来てくれというから、丈右衛門は使者とともに屋敷に向かった。

すぐに座敷に通された。

待つほどもなく、又兵衛があらわれた。

「思いだした」

「そうか」

丈右衛門は身を乗りだした。

「なんだった」

「あまりせっつくな。また忘れたらどうするつもりだ」

丈右衛門は苦笑して、身を引いた。

「昨日、寝るときにじっと考えていた。なにが引っかかったのか、と」

「うむ」

丈右衛門は軽く相づちを打った。

「刀にはわしは興味がない。だが、どうしてか引っかかるものがある。それはいったいなんなのか」

丈右衛門は黙ってきいた。

「そういえば、以前、病で死んだ叔父からの形見分けがあった」

「ほう」

又兵衛が丈右衛門を見て、うなずいた。

「かなりの業物なのはわかった。銘は確か、越前国《えちぜんこく》の刀工で、山内末清《やまうちすえきよ》とかいったかな」

「なんだと」

丈右衛門は膝を立てかけた。

「知っているのか」

又兵衛が丈右衛門の驚きぶりに、目を丸くする。

「おぬしは知らんのか」

「知らぬ」

「そいつはすごい。山内末清といえば、戦国の頃、天才と称された刀工よ。屈指の名匠といって差し支えなかろうな」

「そんなにすごいのか」

「ああ、すごい。ひと目、見てみたいものだ」

「立派な蔵のある刀剣商に預けてあるから、今度、見に行こう」

「約束だぞ。忘れんでくれ」

「わかった。わしがこれまで約束を破ったことがあるか」

「ないような気がする」

「ないのだ」

「そうであったな」

丈右衛門は顎を引き、話の先をうながした。

「それで」

「ああ、そうだったな。その山内末清の刀のことをどこできききつけたのか、売ってほしいといってきた者がいるんだ」

「ほう、そうか。何者だ」

「頭をつるつるに丸めていたから、僧侶かもしれん」

「売ってはいないのだよな」

「むろん」

又兵衛がきっぱりといった。

「なにか胡散《うさん》臭いものを感じたんだ。それで玄関払いした」

「ほう、あたたかなおぬしがそこまでしたのか、よほど怪《あや》しげだったのだな」

「僧侶が刀をほしいといってきた。それだけでいやなものを感じた。それに、ずいぶんと脂ぎっていた。顔だけでなく、全身がそう感じさせた」

「そうか。いつのことだ」

「だいぶ前だな。もう五年以上前になろうか」

「その僧侶、名乗ったのか」

「厳周《ごんしゅう》といったかな。しかしそのあと気になって寺社奉行に当たってみたが、そんな名の僧侶は江戸にはいないとの返事がきた」

「そうか。自分で調べてみたのか」

「まあな」

とにかく丈右衛門は、厳周という名を胸に刻みこんだ。

「刀剣の類《たぐい》を含め、武具でなにかあったといえば、このくらいだな」

又兵衛がほっとしたようにいった。

「わしはまさか、今の一件で狙われたのではなかろうな」

丈右衛門は笑いかけた。

「考えられぬことではない。とにかく、命があってよかった」

又兵衛が深い息を吐く。

「文之介には、感謝してもしきれんよ」

又兵衛の屋敷を辞した丈右衛門は、厳周という僧侶を調べはじめた。寺社奉行に当たってもまず無駄だろう。又兵衛の依頼に、適当に調べたのではないかという疑惑は否めない。

本多屋《ほんだや》に行くか。

丈右衛門自身が懇意《こんい》にしている刀剣商だ。

さっそく向かい、暖簾をくぐると、あるじの紀右衛門《きえもん》が、眼鏡をかけて店の奥で刀の手入れをしているところだった。

「よお」

声をかけると、眼鏡をはずした。

「あっ、御牧さま。すぐに終わりますから、しばらくお待ちください」

丈右衛門は腰掛けに尻を預けた。こういうのに座ると、さすがに安心する。立っているのがきつい歳になりつつあった。

「お待たせしました」

手入れを終え、刀を刀架にかけた紀右衛門が丈右衛門のそばにやってきた。

「ずいぶんとお見限りでしたね」

いましたよ」

「さようにございますよ。御牧さまは、手前どものことなど、お忘れになったと思って
「すまぬな。もう少し足を運ぶことにしよう」

「そうなされませ」

紀右衛門が商人らしく、ていねいに頭を下げる。

「それで、今日は。なにかお探しですか」

「探しているといえば探している。人だ」

「ほう、どなたです」

丈右衛門は名を告げた。紀右衛門が首をひねる。

「――厳周さん。存じあげません」

「では、頭をつるつるに丸めた者で、刀剣好きがいるか」

「ああ、いますよ」

紀右衛門が手を打ち、深いうなずきを見せる。

「そのものずばりですよ。僧侶ですから頭を丸めているとのことです」

「その僧侶の名は」

「存じません」

「そうか」

「そうか」

「申しわけないことです。でもその僧侶はなにやら怪しげな会を主催しており、なんでも選ばれた者しか入会できないそうにございますよ。ただひたすら刀剣など、武具が好きという者でないと、入会は許されないそうにございます」

紀右衛門が一息入れる。

「その会では、売ったり買ったりすることが目的ではないようですね」

「その会について、もっと詳しい話をききたいのだが」

「それでしたら、一人ご紹介いたします」

その僧侶のことを紀右衛門に話した者を教えてくれた。

四

大塩平八郎の噂がどこから出たのか、文之介と勇七は調べ続けた。

しかし、なかなかうまくいかない。大袈裟でなく、会う人すべてに噂のことをきいていった。

それで噂をきいたという場所に行ってみるのだが、そこから先もまた長かった。

二人でやるのは無理ではないのか。

そんな気がしてきた。

だが、必ずやり遂げると又兵衛にいった手前、あきらめる気など文之介にはなかった。

噂のもとになったかもしれない一膳飯屋に行き、店主に話をきいた。店主は客から噂はきいたといった。

「くそう、ここも駄目か」

噂を話していたという客のところに文之介たちは向かった。

その途中、仙太たちに出会った。

「文之介の兄ちゃん」

「おう」

進吉や次郎造、寛助などいつもの七人がそろっている。

「手習所はどうした」

「今日は休みですよ」

勇七が教える。

「そうか。そいつはよかった」

文之介はすまない気持ちになった。

「せっかくおまえらが休みなのに、俺は残念ながら休めねえんだ。遊ぶって約束しているのに、すまねえな」

「いいんだよ」

仙太が元気よくいった。

「文之介の兄ちゃんが仕事をがんばっている姿は、見ていてとても気持ちがいいから」

文之介はにっこりと笑った。

「うれしいこと、いってくれるじゃねえか」

「それより文之介の兄ちゃん」

進吉がささやくようにいった。

「伝えたいことがあるんだけど」

「進吉、すっかり元気を取り戻したみてえだな」

「おかげさまで」

進吉がはにかむ。

「よかったな」

文之介は進吉の頭をなでた。

「進吉、犬みたいにうっとりしてるんじゃねえよ」

仙太がたしなめるようにいう。

「ごめん」

進吉が文之介を見あげてきた。

「大事なことなんだ。おいらたち、調べたんだよ」

「調べたってなにを」

「噂のもとだよ」

「噂のもとだって」

復唱するようにいい、文之介は気づいた。

「馬鹿野郎。おめえら」

文之介は進吉の襟首をつかんでいた。気づいて離した。

「おめえら、あぶねえ真似、しやがって。怪我でもしたら、どうすんだ」

「怪我なんかしないよ」

仙太がいう。

「馬鹿、下手に素人が探索に手をだしたら、怪我だけでなく、命だって失いかねないんだ。なんてえ馬鹿、しやがる」

「だって、おいらたち、文之介の兄ちゃんの役に立ちたいんだもん」

寛助が泣きながらいう。

「だからって」

文之介は胸が詰まり、そのあとの言葉が続かなくなった。

「俺たちのために、なにかしようなんて子供が考えなくていいんだ」

「でも、文之介の兄ちゃんたちが苦労しているのを見て、おいらたち、ほっとけなかったんだよ」

仙太も涙ながらにいう。七人の子供全員が泣いていた。

「わかったよ。だから、もう泣くな」

文之介は静かに呼びかけた。

「しかし、どうして俺たちが大塩平八郎の噂のもとを調べているってわかった」

「そんなの、たやすいことだよ。文之介の兄ちゃんと勇七の兄ちゃんの入った店になにをきかれたか、たずねればすむことだもの」

泣きやんだ進吉がやや得意げにいう。

「そういうことか。でもみんな、もう探索の真似事はやめろよ」

「やめるよ。だってもう調べなくても大丈夫だもの」

なんだと、と文之介は思った。

「進吉、もう一度、いってみろ」

進吉が同じ言葉を繰り返す。

「つまりおまえたちは、噂のもとを突きとめたっていうのか」

「そうだよ」

仙太がこともなげにいう。

文之介は勇七と目を見合わせた。きくべきなのか。

「旦那、仙太ちゃんたちの努力が実ったんですから、ここは甘えませんか」

勇七の言葉に、文之介は素直に首を上下させた。

「それがいいな」

七人の子供はそれをきいて、やったーと小躍《こおど》りしている。

「どこだ」

文之介はきいた。

「近くだよ」

仙太たちに手を引かれて、連れていかれた。その途中、どういう手立てを取ったのか、文之介は仙太たちに問うた。

「二人一組で動いたんだよ。寛助たちは三人一組だったけど」

「七人が三組にわかれたのか」

それで突きとめたのが本当だとしたら、すごい探索力だ。

もっともまだ文之介は半信半疑だ。それは勇七も同じだろう。

「あそこだよ」

やってきたのは、永代橋を渡って最初の町である深川佐賀町《ふかがわさがちょう》だ。

「煮売り酒屋か」

暖簾は出ていないが、店の造りからそうとわかる。

「小島屋《こじまや》っていうんだよ」

「あの小島屋が大塩平八郎の噂のもとになったところか」

「うん、まちがいないよ」

仙太が断言する。

「おいらたち、三組にわかれたってさっきいったでしょ。別々に調べていたのに、あの店に二組が行き着いたんだから」

「本当か」

「嘘なんかつかないよ」

「そうか」

さすがに文之介はうならざるを得なかった。

「昼間は一膳飯屋みたいなことをしているんだけど、今は午後の休憩みたいだね。夕方の七つ頃になれば、店はあくはずだよ」

「そうか」

文之介は七人の子供に向かって、頭を下げた。

「なにからなにまで本当にすまねえな」

「ねえ、文之介の兄ちゃん」

進吉がじっと目を見ていった。

「おいらたち、役に立ったかな」

「立ったさ」

文之介は次々に仙太たちを抱き締めていった。七人がまた涙をこぼす。文之介の頰も乾く暇がなかった。

「ありがとよ。おめえたちの力添えが無駄にならないようにするから、おめえたちはここで帰ってくれ」

なにか抗議の声が出るかと思ったが、仙太たちは素直だった。自分たちの役割がここまでなのを、ちゃんと知っているのだ。

「おめえたち、はやく大きくならねえかな」

「どうして」

次郎造が不思議そうにきく。

「どんな大人になるのか、楽しみでならねえからだよ」

仙太たちが去ってゆく。いつまでも手を振っていた。

文之介と勇七も振り返した。仙太たちが永代橋を渡りはじめたのが見えた。

仙太たちはまだ手を振り続けていた。文之介がまだ見てくれているのを、確信しているかのようだった。

「旦那、なつかれていますね」

「子供にはどうも好かれるんだ」

「旦那、すっきりしないんですかい」

「あの店のことか」

閉まったままの煮売り酒屋に目を向けた。

「ええ、仙太ちゃんたちに教えてもらったことです」

「すっきりしてるさ」

「そいつはよかった」

「どんな形であれ、事件が解決すればいいんだ。まあ、仙太たちに危ない真似をさせるのは、これからもいやなんだけどな」

「でも、これも旦那だからですよ」

勇七がはっきりとした口調で断じた。

「なにが」

「子供に手伝わせて、と陰口を叩かれるかもしれませんけど、これも旦那だから仙太ちゃんたちが力を貸してくれるんですよ。ほかの者に真似できることじゃあ、ありません。旦那、恥じちゃあ、いけませんよ。胸を張ってくださいね」

文之介は、勇七の胸を拳《こぶし》で叩いた。厚い手応えがあった。

「まかしておきな。俺は仙太たちの力添えをもらったのは、誇りだと思っているぜ」

七つ前に小島屋はあいた。

常連客らしい者たちが次々に暖簾を払ってゆく。町人だけで、しかもあまり金がないのがわかる者たちだった。

さほど広いとはいえない店が一杯になったところを見計らって、文之介と勇七は小島屋に向かった。

土間に立ち、まず常連客に酒を振る舞う。みんなの機嫌がよくなったところで、大塩平八郎の噂のことをきいた。

「ああ、よく覚えていますとも」

人足をしているらしいたくましいひげ面の男が座敷から立ちあがっていった。

「確かにお侍たちが話していましたよ」

「侍たちというと、何人だった」

「三人だったかな」

「いや、四人でしたよ」

別の男がいった。この男も立ちあがっている。

「あっしは、あの四人のお侍のうちの一人を、なにしろ見たことがありますからね。人いきなり取っ組み合いになりそうになったから文之介は驚いた。勇七とともにとめに入る。

「なんだと」

「おめえは目と頭が悪いから、しようがねえよ」

最初の男が憎々しげにいう。

「悪かったな、見誤っちまってよ」

数を見誤るなんてこと、しませんよ」

「待ちなって」

男を押しとどめる。

「勇七、そっちの男、外にだしてくれ」

「承知しました」

勇七が、侍の顔を知っているといった男の腕を軽く取った。勇七に乱暴にするつもりがないのを知ったようで、男はおとなしく外に出た。

「おめえは座ってな」

文之介は最初の男を、すり切れた畳に座らせた。外に出る。

「それで、さっきの話だ。侍の一人をどこで見た」

「料亭ですよ」

「おめえが」

「すみませんね、汚い格好で」

「すまねえ、口が滑った」

「いいんですよ」

男がほれぼれと文之介を見る。

「旦那は、ほかのお役人となんかちがいますねえ」

「ちがわねえよ」

「ちがいますって」

「じゃあ、それでいいや。はやく侍のことを話してくれ。どこの料亭で見たんだ」

「見たっていっても、料亭のなかじゃありませんよ。外です」

「うん」

「暖簾を払って出てきたところですよ。あっしは石にけつまずいてよろけ、侍にぶつかりそうになったんです。ぶつからなかったんですけどね」

男が額に浮いた汗を、手の甲でぐいっとぬぐった。たくましい腕の筋肉が生き物のように動いた。

「おまえは掏摸《すり》かって、いきなりいいがかりをつけられて、あの侍、刀を抜きそうになったんです。あっしはあわてて逃げだしましたよ。まったくあぶねえ侍ですよ。だからよく覚えているんです」

五

丈右衛門は、怪しげな会を主催している僧侶のことを教えてもらった。武具屋の本多屋紀右衛門に紹介してもらった男だ。

この男は、店を持たずに武具屋をしているとのことで、こちらも十分に怪しげな雰囲気をたたえていた。

男によれば、僧侶は厳周ではなく厳彗《ごんすい》ではないか、とのことだった。

厳彗の寺は衆陰寺《しゅういんじ》といい、深川の富久町《とみひさちょう》にあるのではないか、とのことだ。

深川富久町は町が小さく、衆陰寺はすぐにわかった。

さっそく訪れようとした。だが、すでに夕闇が迫っているためか、門は閂《かんぬき》がおりているようで、かたく閉まっていた。くぐり戸も同じだ。

どうする。

近所の者に話をきこうかと思い、その場を離れようとした。

木のきしむ音がし、くぐり戸があいたのが見えた。

僧侶らしい者が外に出てきた。中肉中背だ。やや暗い顔をしているが、瞳は異様な光を帯びている。脂ぎっていた。

まちがいない。桑木又兵衛が厳周とききちがえた僧侶だろう。

一瞬でそこまで見て、丈右衛門はなにげないふうを装い、歩きだした。

僧侶もゆっくりと歩を進めている。なにか細長い包みを持っていた。

あれはもしや、と丈右衛門は思った。旗本浜北家から盗まれた刀ではないか。

きっとそうだ。

どこに行くのか。どこに行くにしても、あとをつけるにしくはない。

丈右衛門は十分に距離を取ってからきびすを返し、僧侶を追いはじめた。

文之介は煮売り酒屋の小島屋の常連客からきいた料亭にやってきた。

すでにあたりは暗くなり、人の顔は見分けがたくなっている。

料亭は三宅《みやけ》といい、すでに店はあいていた。明るい提灯が二つ、門につり下がり、道を照らしていた。暖簾が静かに揺れている。

雰囲気のあるいい店だ、と文之介は思った。

はやっている店のようで、客は引きも切らず、吸いこまれるように暖簾の向こうに姿を消してゆく。

「勇七、最も忙しいときに話をきかなきゃいけねえようだな」

少し気が重い。

「旦那、仕事ですから、仕方ありませんよ」

「ああ、そうだな。勇七、行こう」

道を横切り、暖簾を払う。門をくぐると、敷石がびっしりと敷き詰められていた。入口の前に四人ばかりの女中が立っていて、客を案内していた。

文之介たちを見て、一瞬、四人とも顔をしかめた。

「忙しいところ、すまねえが、ききてえことがある」

文之介は、小島屋の常連客が口にした侍の人相を告げた。

目が大きくぎょろりとしている。唇が厚く、鼻は潰れたようになっている。頬は丸く、顔に一筋の深いしわが通っている。

四人にはすぐに誰か見当がついたようだ。

「教えてくれ」

文之介は頼みこむようにいった。

しかし、四人は客のことを話してはいけないとしつけられているのか、顔を見合わせたまま、話そうとしない。

文之介はさすがに焦《じ》れた。

「女将《おかみ》を呼んでくれ」

「はい、ただいま」

女中の一人が、むしろほっとしたようになかに駆けこんでゆく。

すぐに一人の女をともなって戻ってきた。

「私が当店の女将でございます。どうぞ、よろしくお願いいたします」

「こちらこそな。それで今からいう客が誰か、教えてほしいんだ」

それでしたら、と女将が文之介を制するようにいった。

「今、申しあげます。お客さまも大事でございますが、町方のお役人のほうがもっと大切でございますから」

「いい心がけだ。それで」

「はい、お役人のおっしゃる人相からして、林田謹三《はやしだきんぞう》さまではないでしょうか」

「何者だ」

「お旗本にございます。御三男ときいております」

「部屋住《へやずみ》かい。どこに住んでいる」

「北森下町にお屋敷があるときいたことがございます」

「北森下町だって」

祭蔵が殺された町ではないか。

「林田屋敷の場所を教えてくれ」

「いらっしゃるのでございますか」

「そうだ」

「でも、今夜、予約が入っています」

「林田謹三が予約を入れているのか。まだ来ていないのか」

「はい。でも、もうじき予約の刻限になります」

「そうか」

胸が高鳴る。ついに突きとめたという実感がある。

「林田は一人ではあるまい」

「はい、七人でございます」

「それはいつも決まった人数か」

「さようにございます」

女将によると、林田たち七人はいつも決まった離れを使っているとのことだ。

「勇七」

文之介は振り向き、勇七を呼んだ。

「桑木さまのところに走ってくれ。さすがに俺たちだけでは心許《こころもと》ないから」

「応援を呼ぶんですね」

「頼む」

「合点承知」

勇七がきびすを返し、暖簾を外に払って出ていった。

「いいか、このことは他言無用だぞ。いつものように振る舞ってくれ」

文之介は女将にいった。

「承知いたしました」

文之介は外に出て、三宅を張ることにした。どこがいいだろう。はす向かいがやはり料亭になっている。障子に明るい光が映っており、そこがいいように思えた。

料亭の者に頼みこみ、文之介は二階にあがった。そこにいた客には、別の間に移ってもらった。

障子を細くあけて、下を見た。提灯に照らされている通りは、行きかう人がかなり多い。酔客も増えてきている。ただし、客筋がいいのか、怒鳴り声をあげたり、がなったりするような者はいない。

そのなかをしずしずと進んでくる者がいた。なんとなく目立ち、文之介は凝視した。

袈裟を着た僧侶だった。長い包みを手にしている。

その僧侶は手慣れた感じで、三宅に入っていった。

もしや。

あっ。

叫び声が漏れそうになり、あわてて手で口を押さえる。

僧侶のあとに続いていたのが丈右衛門で、三宅の暖簾の前で足をとめたのだった。

文之介は障子を閉め、廊下を走って階段を駆けおりた。

外に出る。

そこにまだ丈右衛門はいた。

文之介は押し殺した声をかけた。丈右衛門が驚いたように振り向く。

「文之介、どうしてここに」

「父上こそ」

「話はあとだ。おまえ、どこから出てきた」

「そこです」

料亭を指さす。

「入ろう」

丈右衛門に肩を押された。そのことが妙に心地よかった。

「すまねえ、そこを貸してくれ」

土間の脇にある小さな部屋を、丈右衛門が示す。

「はい、どうぞ」

気圧《けお》されたように店の者が、戸をあける。

かなわねえな、と文之介は思った。

「どうした」

「いえ」

丈右衛門がじっと見ていたが、すぐに部屋に入った。文之介も続いた。せまい。三畳ほどだ。帳場みたいなところなのだろう。

畳が敷いてあり、文之介と丈右衛門は向かい合って座った。

「ここでいいんですか。二階に向かいが見える部屋がありますよ」

「ここでかまわぬ。どうせすぐには出てこまい。それに、目を当てていると、気づく者が出てくるものだ。ここでじっとしているほうがいい」

「さようですか。ところで父上、あの僧侶は何者ですか」

物乞いの民爺がいった言葉が、文之介のなかでよみがえっている。密談をしていた六、七人のうち、一人は僧侶ですよ、と。

「よくはわからん。富久町にある衆陰寺という寺の住職だ。名は厳彗」

どういう理由で厳彗にたどりついたか、丈右衛門がいう。

文之介は、ここまでやってきたいきさつを語った。

「なるほど、二つの筋が三宅でぴたりと重なったか」

丈右衛門が息をついた。

「よくやった、文之介」

「いえ、まだこれからです」

少なくとも六人の侍がいる。それとやり合わなければならないかもしれない。

少し恐怖がある。いや、少しではない。対決のときを考えると、逃げだしたい気持ちに駆られる。

しかし、自分は決して逃げないことを文之介は知っている。

「今宵、三宅には七人が集まるそうです」

「筒井和泉守さまを殺し、町奉行所に火を放った者どもだな」

丈右衛門が憎々しげにいった。こんな丈右衛門は珍しい。よほど怒っているのだ。

丈右衛門が三宅に探りを入れると、離れに七人がそろったのがわかった。

ほぼ同時に勇七が又兵衛たちを連れてきた。大勢の捕り手が一緒だった。優に五十人はいる。通りは捕り手で一杯になり、通行人は川止めにあったように、そこで待っているしかなかった。

「こいつはすごいな」

丈右衛門がため息とともにいった。

「桑木さま、気持ちはわかるが、張り切りすぎではないか」

文之介は勇七の力を借り、捕物支度をした。鉢巻をし、襷をかけ、股立《ももだ》ちを取った。

長脇差の目釘を確かめる。

「よし、いいぞ」

用意はできた。

又兵衛が采を振る。

文之介は先頭で突っこんでいった。うしろに勇七がいてくれる。それだけで勇気百倍だった。

離れの前に立つ。ほんのりとした明かりが障子に映りこんでいる。風情《ふぜい》のある明かりだった。

「御用だ。入るぜ」

勇七がいい、障子をあけ放つ。

文之介は十手を手に、躍りこんでいった。

「なにやつ」

「無礼者」

怒号が響く。

「悪者が偉そうにいうんじゃねえや。きさまらが御奉行を殺し、奉行所を焼いたってのはわかってんだ。それに本山さんも殺しやがって。許さねえぞ。あと、高畑村の耕太も無慈悲に殺しやがって」

文之介は、十手で次々にまだ戦う姿勢を取れていない侍たちを打ち伏せていった。頭を抱え、打たれた者は立ちあがれない。

それでも三人が畳を蹴るように立ち、刀架から刀を手にした。

障子を蹴破り、三人の侍が外に出る。

いや、三人のうち一人は僧侶だ。厳彗というやつだ。

畳の上に立派な刀が置いてある。あれこそが三条国長だろう。

三人が刀を引き抜き、斬りかかってきた。

文之介は落ち着いていた。長脇差を抜き、相手になった。

二人の侍はそこそこの腕だったが、文之介の敵ではなかった。

あっという間に胴、逆胴と抜いて、昏倒《こんとう》させた。

残るは一人だ。

「厳彗」

文之介は名を呼んだ。

「すべて割れてんだ。おとなしく縛《ばく》につきな」
厳彗が刀を帯びている。こちらも立派な刀だ。
すらりと抜いた。
離れの明かりを浴びて、刀身が怪しく輝く。
こいつが三条国長だ。
文之介は覚った。
すげえ。本当にすげえ。
見とれた。
厳彗が刀を振りおろしたのに、気づかないほどだった。
「文之介っ」
怒声が飛び、それで我に返った。
文之介は打ち返した。だが、腕に妙な重さが残った。
刀の出来の差だ。向こうは力がいらないのだ。
だが、腕は俺のほうが上だ。
それには確信がある。
だが、打ち合ううちに文之介は圧倒されだした。
どうしてだ。いくら刀がちがうからって、こんなになるものなのか。

傷も増えている。すべての斬撃《ざんげき》を受けているはずなのに、刀がまわりこんでくるというのか、腕や肩に傷をつけてゆくのだ。

なんだ、これ。

文之介は面食らった。

血が出てきた。このままじゃ、やられちまう。

額にも傷が入った。

どうしてだ。受けているのに。

わけがわからない。

文之介はまわりこもうとした。だが厳彗は足さばきも軽やかだ。文之介の出足はとめられてしまう。

「旦那」

勇七が叫ぶ。捕縄《とりなわ》を投げたがっている。

「やめろ。手をだすんじゃねえ」

「でも」

「こんなやつ、今すぐに俺がぶちのめしてやる。黙って待ってな」

だが、厳彗の攻勢はとまらない。文之介はうしろに下がることでなんとか深い傷を与えられるのを避けていた。

どうすればいい。このままじゃ、本当にやられちまう。

どうやら、と文之介は気づいた。誰が打ったかわからない刃引きの長脇差と、三条国長の名刀では格がちがいすぎるのだ。位負けしていることを長脇差自身がわかっていて、そのために打ち合いに差が出てしまうのではないか。

ちきしょう。どうする。長脇差じゃあ、歯が立たねえぞ。

そうだ。

文之介は思いだし、厳彗が斬りかかってくるのをかわし、長脇差を投げつけた。

厳彗が三条国長ではねのける。

その隙に文之介は離れにあがった。畳の上の刀を手にする。

厳彗は包みのなかに二本、持っていたのだ。

抜いた。刀身に光が滑る。

こいつもすげえや。

これなら三条国長といえども、負けやしねえぞ。

文之介は再び庭におりた。

厳彗が胴に刀を振るってくる。刀の峰で受けとめた。

よし。

文之介は心で快哉《かいさい》を叫んだ。

刀はがっちりととまった。
文之介はぐいっと押した。巌彗が押し返してくる。
文之介は横に軽くよけた。
それだけで巌彗がたたらを踏んだ。
文之介は峰を返した刀を背中に叩きこんだ。
だが、かわされた。
あっ。
巌彗の張った罠《わな》だった。
しまった。
だが、体が勝手に動き、巌彗の袈裟斬りをぎりぎりでかわしていた。
文之介は白刃の下をかいくぐり、巌彗の背後に出た。
今度こそ、巌彗のがら空きの背中がくっきりと見えている。
これは罠ではない。
存分に打ちこむのはたやすかったが、それでは殺しかねない。手加減した。
それでも巌彗は地面に倒れこみ、気を失った。

六

「よかったわね、無事で」

「ああ、まったくだ」

文之介は汗をふこうとした。それをお春が先に手ふきでぬぐってくれた。

「ありがとう」

「どういたしまして」

お春が軽く頭を下げる。そんな仕草もかわいくて抱き締めたくなる。

「お手柄だったんでしょ」

「まあな」

文之介は認めた。

「でもみんなの力添えがあったからこそだ」

「本気でそういえるのが、文之介さんらしいわ。だからみんな、力を貸してくれるのよ」

「ありがたい話だなあ」

文之介とお春は今、水茶屋にいる。茶を喫していた。

「おいしい」

お春が顔をほころばせる。

「うまいな」

文之介は、お春の笑顔を間近で見られて、とにかくうれしくてならない。このところずっと会えなかったのだ。

「やつら、大塩平八郎の噂を流しただろう。本気で世直しを考えていたところもあった

らしい。町奉行を殺したり、奉行所を炎上させたら、男として生まれてきた意味や生き

甲斐があるって思ったようだ」

六人の侍はいずれも大身の旗本の部屋住だった。

六家の旗本は、全部取り潰しになった。あわれなものだ。

「なあ、お春、少し歩かないか」

「いいわよ」

文之介は茶代を払った。

二人は歩きだした。うしろをお春がついてくる。

いっちまえ、文之介。

文之介は朝起きたとき、決意していた。

はやくいうんだ。

「なに、ぶつぶついってるの」

「いや、なにも」

文之介は深く呼吸した。心を落ち着ける。

よし、いうぞ。

「お春」

振り向いていった。

「なあに」

「あのさ」

「なあに」

よし、いうぞ。

もう一度、同じ言葉を胸のなかで繰り返した。

「ほれのおひょめひゃんにひゃってくらさぁい」

「なにをいっているの」

お春が怪訝《けげん》そうに小首をかしげる。

文之介はまた深く息を吸った。今度こそ。

「お春」

ちゃんと呼べた。

お春がなにをいわれるか解したように、顔を赤らめた。

文之介はその表情に勇気をもらい、一気にいった。

「俺のお嫁さんになってください」

「はい」

確かにそうきこえた。

文之介は頭をあげた。

涙ぐんでいるけれど、笑っている顔がそこにあった。

二〇〇八年一〇月　徳間文庫

光文社文庫

長編時代小説
町《まち》方《かた》燃《も》ゆ　父子《おやこ》十手《じって》捕物《とりもの》日記《にっき》
著　者　鈴《すず》木《き》英《えい》治《じ》

2022年3月20日　初版1刷発行

発行者　鈴　木　広　和
印　刷　堀　内　印　刷
製　本　榎　本　製　本

発行所　株式会社　光　文　社
〒112-8011　東京都文京区音羽1-16-6
電話　(03)5395-8149　編　集　部
8116　書籍販売部
8125　業　務　部

ISBN978-4-334-79326-5　Printed in Japan

組版　萩原印刷

光文社文庫最新刊

独り立ち　吉原裏同心(37)　佐伯泰英
廃墟の白墨《はくぼく》　遠田《とおだ》潤子
暗黒残酷監獄　城戸喜由
C　しおさい楽器店ストーリー　喜多嶋　隆
女殺し屋　新・強請屋稼業　南　英男
駅に泊まろう！　コテージひらふの雪師走　豊田　巧
ペット可。ただし、魔物に限る　ふたたび　松本みさを
人生おろおろ　比呂美の万事ＯＫ　伊藤比呂美
千手《せんじゅ》學園少年探偵團　また会う日まで　金子ユミ
神戸北野　僕とサボテンの女神様　藍川竜樹
町方燃ゆ　父子十手捕物日記　鈴木英治
御館《おたて》の幻影　北条孫九郎、いざ見参！　近衛龍春
みぞれ雨　名残の飯　伊多波　碧《みどり》
あたらしい朝　日本橋牡丹堂　菓子ばなし(九)　中島久枝
本所寿司人情　夢屋台なみだ通り(四)　倉阪鬼一郎